나는 캐나다의 한국인 응급구조사

지은이 김준일

캐나다 온타리오주 렌프루 카운티 소속 6년 차 파라메딕(응급구조사). 대학에서 회계를 전공하고 대기업에서 군사용 IT 솔루션의 해외사업개발 등에 몸담으며 12년간 사무직 회사원으로 일했다. 한국 사회가 정해준 길을 나름대로 성실히 걷던 어느 날, 문득 삶의 회의가 찾아왔다. 억지로 출근하는 날들이 반복되면서 내 방식대로 살아도 문제되지 않는 삶, 실패했더라도 패자부활전이 있는 삶을 찾아 안정적인 한국 생활을 정리하고 캐나다로 떠났다. 낯선 땅에 발을 내디딘 지 3년째, 나이 마흔 셋에 캐나다 시골마을의 유일한 한국인 응급구조사가 되었다. 근무가 없을 때는 집에서 청소, 빨래, 요리를 하고 가끔 글을 쓴다. 반찬거리 사러 혼자 장보는 시간과 아내와 산책하는 시간을 제일 좋아한다.

나는 캐나다의 한국인 응급구조사
나를 살리러 떠난 곳에서 환자를 살리며 깨달은 것들
ⓒ 김준일, 2024

초판 1쇄 인쇄 2024년 1월 31일 | **초판 1쇄 발행** 2024년 2월 15일

지은이 김준일
펴낸이 이상훈
편집2팀 원아연 최진우 | **마케팅** 김한성 조재성 박신영 김효진 김애린 오민정

펴낸곳 ㈜한겨레엔 www.hanibook.co.kr
등록 2006년 1월 4일 제313-2006-00003호
주소 서울시 마포구 창전로 70(신수동) 화수목빌딩 5층
전화 02-6383-1602~3 | **팩스** 02-6383-1610 | **대표메일** book@hanien.co.kr
ISBN 979-11-7213-009-1 (03810)

나는 캐나다의 한국인 응급구조사

김
준
일

지
음

나를 살리러 떠난 곳에서
환자를 살리며 깨달은 것들

용어 설명

파라메딕(paramedic): 응급 환자를 병원으로 이송하면서 응급처치를 제공하는 의료인. 한국의 119 구급대와 유사한 개념.

OPP(Ontario Provincial Police): 캐나다 온타리오주의 주 경찰.

커뮤니티 파라메딕(community paramedic): 의료취약계층 및 노약자를 방문하여 건강 상태를 포함한 웰빙 여부를 점검하는 파라메딕.

들어가는 글

지난주 토네이도를 동반한 강력한 폭풍이 오타와를 비롯한 인근 지역 일대를 휩쓰는 동안 내가 근무하던 마을에서만 세 건의 911 신고가 연이어 들이닥쳤다. 아나필락시스 쇼크로 의식을 잃은 10대 여자, 강풍에 쓰러진 나무에 깔린 30대 여자, 그리고 두 대의 차량이 정면충돌하며 발생한 두 명의 중상자였다.

나무에 깔린 환자의 상태는 심각했다. 골반과 대퇴부가 부러진 듯했고, 폐에도 기흉이 발생했다. 이미 환자의 위치를 확인하는 데 너무 많은 시간을 써버린 후였고, 환자를 발견한 후에도 거센 폭풍우 속에서 의식을 잃은 그녀를 나무 밑에서 빼내는 데 꽤 많은 시간이 걸렸다. 지역 의용소방대가 험한 날씨를 뚫고 달려와 준 덕분에 가까스로 환자를 빼내긴 했지만 그런 기상 상황에 헬기를 띄우는 것은 불가능했다. 그래서 병원까지 앰뷸런스로 이송해야 했는데, 설상가상 병원으로 가는 도로는 폭풍에 쓰러진 나무가 가로막고 있었다. 그리고 그곳에서 환자의 심장은 박동을 멈췄다. 병원까지 우회하는 길은 너무 멀었기 때문에 하는 수 없이 차 밖으로 나가 도로 위에 쓰러진 나무들을 일일이 손으로 치워야만 했다. 똑바로 서 있기도 힘들 만큼 강한 비바람에 부러진 나뭇가지들이 화살처럼 날아다니는 가운데서 어떤 나무는 도끼질로 토막을 내느라, 또 어떤 나무는 사람들과 힘을 합쳐 들어 옮기느라 사투를 벌였고, 그사이 앰뷸런스 안에서는 멈춘 그녀의 심장을 다시 뛰게 하느라 또 다른 사투를 벌였다. 하지만 우리의 노력에도 불구하고 환자는 병원에 도착하고 채 몇 분도 지나지 않아 사망하고 말았다.

사망한 환자를 마주하는 일이 그렇게 힘들지는 않았다. 익숙해진 탓도 있고, 무엇보다 일일이 마음을 쓴다 한들 별 도움이 안 되는 것을 이미 수차례 경험했기 때문이다. 그래서 환자가 사망하면 나는 그저 돌아서서 외면해 버린다. 그러면 금방 잊을 수 있다. 그것으로 그만이다. 엊그제도 심정지 상태로 발견된 환자가 있었는데 이미 통나무처럼 뻣뻣이 굳어 있어서 별로 할 게 없었다. 단지 사망 원인이 코로나인지 판별하기 위해 시신에다 PCR 검사를 하는 게 전부였는데, 그는 권투 선수처럼 양팔로 가드를 한껏 올린 상태에서 옆으로 누운 채 굳어 있었기 때문에 나는 잘 펴지지 않는 그의 팔을 벌리고 얼굴을 잡아 돌려서 힘겹게 공간을 만들어야 했다. 겨우 코안에 PCR 검사용 면봉을 집어넣었지만 시강(시체강직) 때문인지 아무리 면봉을 이리저리 돌려보고, 후비듯 집어넣어도 잘 들어가지 않았다. 그래서 아예 시신과 함께 침대에 눕다시피 하여 정면으로 얼굴을 마주 보고 콧구멍을 잡아 벌려서 겨우 면봉을 집어넣었다. 그 면봉질이 시신으로 발견된 환자를 대하는 동안 가장 힘든 일이었다.

그런 나를 정작 당황하고 힘들게 하는 건 살아남은 자들의 슬픔을 마주할 때다. 온종일 밥 먹을 새도 없을 만큼 신고가 끊이지 않았던 엊그제, 앰뷸런스에 기름을 넣기 위해 주유소에 들렀을 때 잠깐 짬을 내어 바로 옆 카페에서 샌드위치를 시켰다. 주문을 받던 할머니가 나를 바라보며 혼잣말하듯 "6인치로는 부족하겠지?"라고 하길래, 괜찮다며 극구 사양했는데도 할머니는 12인치를, 그것도 특대형으로 꽉꽉 눌러 담아 싸주셨다.

"이러실 필요 없는데요…."

"아니야. 내가 사는 거야. 그냥 가져가서 먹어."

마음속으로 '이따가 퇴근하고 맥주 마실 때 안주 먹을 배는 남겨놔야 하는데…' 하는 걱정을 하며 다시 한번 사양을 하자 그때까지 씩씩하게 주문을 받던 할머니는 갑자기 갈라진 목소리로 울먹이더니 이렇게 말했다.

"며칠 전 내 대녀가 나무에 깔린 걸 당신네들이 구해서 병원으로 데리고 갔는데, 그만 거기서 죽고 말았어. 당신들한테 고마워서, 뭐라도 해주고 싶어서 그러는 거니까 받아."

돌아섰기 때문에 잊은 줄 알았던 환자였는데…. 나는 그저 배가 고파서, 정말 별 생각 없이 샌드위치로 허기나 달래려던 것뿐이었는데…. 아무런 마음의 준비도 하지 못한 상태에서, 전혀 예상하지 못한 인물이 제멋대로 소환해 버린 환자의 기억 때문에 나는 아무 말도 못 하고 그 자리에 얼어붙어 버렸다.

"적어도 그 아이는 당신들로부터 살 수 있는 기회를 받은 거잖아. 그게 고마워서 그래. 당신들이 그런 기회라도 줘서…."

그녀와 제대로 눈도 마주치지 못한 채 나는 기어들어 가는 목소리로 주뼛거리며 "심심한 애도를 전합니다"라고 말한 후 터질 것 같은 샌드위치를 들고 그곳을 도망치듯 빠져나왔다. 포장을 벗겨내고 샌드위치를 입에 욱여넣으며 열심히 씹어봤지만 아무 맛도 느낄 수 없었다. 내 눈치 없는 배고픔이 죄스럽고 민망했으며, 죽은 이를 그리며 슬퍼하는 사람이 만들어준 음식으로 내 주린 배를 채워도 되는 걸까 하는 생각에서 벗어날 수 없었다. 무엇보다 카페에서 할머니가 했던 마지막 말의 음성과 환자가 숨을 거두기 전의 마지막 이미지가 머릿속에서 한데 뒤엉킨 채 떠날 줄 몰랐다.

내가 하는 일의 무게란 무엇일까?

어쩌다 사람이 죽고 사는 일이 나에게 일상이 된 것이며, 죽음보다 살아남은 사람들을 견뎌내는 일에는 언제쯤 익숙해질 수 있을까?

○ ○ ○

나이 마흔에 조용히 사건 하나를 저질렀다. 잘 다니던 대기업을 그만두고 캐나다로 이민을 온 것이다. 그리고 사건 하나를 더 저질렀다. 이민자들에게는 별로 인기가 없는 '파라메딕 paramedic(구급대원 혹은 응급구조사)'이라는 직업을 선택하고 말았다.

사실 처음 캐나다에 왔을 때는 이 직업에 관심조차 없었다. 대학에서는 회계를 전공했고 회사에서는 해외사업개발 분야에서 10년 가까이 일을 했지만, 캐나다에 온 뒤부터는 경력을 살리지 못하고 최저시급 받는 일만 전전했다. 그러다 우연한 기회에 온타리오주 파라메딕의 시급이 같은 주 간호사의 7년 차 시급보다 더 높은데(카운티나 시에 따라 차이가 있음), 학교는 2년제만 졸업하면 된다는 말을 듣고 귀가 솔깃해졌다. 더군다나 종사자의 절대다수가 백인이고 이민 1세대는 거의 없다는 말에 '그렇다면 내가?' 하는 도전 욕구가 생겨났다. 일단 보기에 멋있었고, 나름의 희소성도 있었으며, 무엇보다 왠지 나와 잘 어울릴 것 같고, 내가 하면 잘할 것 같았다. 지금 생각하면 내가 미쳤구나 싶을 만큼 근거 없는 자신감 하나와 더는 이렇게 살 수 없다는 절박함 하나로 한 발짝 한 발짝씩 나아갔다. 물론 그 과정에서 내 결정을 후회하고 스스로를 저주했던 순간들이 수백 수천 번 있었음은 물론이다.

정부 보조가 없으면 생계유지가 불가능한 사회적 약자, 최저시급을 받는 저소득층, 영어가 외국어인 40대 늦깎이 학생으로서 캐나다 사회가 차려놓은 밥상에 식구 수만큼 빈 숟가락을 얹은 지 3년째 되던 2018년 4월, 나는 캐나다 온타리오주 렌프루 카운티 소속 공무원이자 파라메딕으로 채용되었다. 그리고 이 일을 2024년 2월 현재까지 계속하고 있다.

이제는 사회공공서비스를 받는 쪽이 아닌 주는 쪽으로서, 저마다의 이유와 사연들로 몸과 마음에 상처를 입은 캐나다 시골 사람들의 부름에 응답하고 있다. 도움을 받는 쪽에 있을 때나 주는 쪽에 있을 때나, 나는 이곳 사람들의 다양한 삶의 모습을 접할 기회가 많았다. 마치 평소에는 보이지 않던 방바닥의 얼룩과 때들이 몸을 숙여 무릎을 꿇고 걸레질을 하려고 들면 그제야 눈에 들어오는 것처럼, 몸과 마음을 숙이고 바라본 이곳 사회는 내가 미처 알지 못했던 여러 삶의 모습을 품고 있었다. 세계에서 가장 살기 좋은 나라 중 하나답게 풍요와 여유가 넘치는, 소위 '저녁이 있는 삶'도 있는가 하면, 보기 괴로울 만큼 더럽고, 찌들고, 고단한 삶도 있었다. 하지만 한 가지 공통적인 것은 인생 최악의 순간이 닥쳤을 때, 가리거나 꾸밀 새도 없이 맞닥뜨리는 삶의 민낯은, 그것이 어떤 삶이든 간에 하나같이 불쌍하고 안타까웠다는 점이다. 특히 삶의 끝, 죽음을 앞둔 자들은 너 나 할 것 없이 힘없고 초라한 존재일 뿐이었다. 그럼에도 불구하고 생명이 붙어 있는 동안 끊임없이 자기 나름의 가치를 일구고 그 안에서 행복을 찾는 데 인색하지 않은 이들을 보며, 나처럼 감수성 무디고 생각의 깊이가 얕은 사람조차 잘 사는 것이 무엇이고, 잘 죽는 것은 무엇이며, 어떻게 하면 주어진 삶을 행복하게 살아갈 수 있을지 돌아보고 고민하지 않을 수 없었다.

○ ○ ○

마흔 넘은 나이에 캐나다 시골 마을의 911 응급 현장에서 거의 유일한 한국인 파라메딕으로 일한다는 흔치 않은 경험이 나에게 허락되었지만 처음에는 그걸 기록으로 남길 생각을 못 했다. 그러다 현장에서 만난 여러 인간 군상들, 그리고 그들을 보고, 만지고, 듣고, 느끼며 함께 속 태웠던 내 나름의 수고가 시간이 흐르며 잊히는 것이 아쉬워 투박한 펜 끝으로나마 한 자씩 꾹꾹 눌러 글의 형태로 담아보기 시작했다. 사실 그 과정이 쉽지만은 않았다. 아픈 기억을 다시 불러와야 했고, 소용돌이쳤다가 사그라들었던 옛 감정을 살려내 되새김질해야 했기 때문이다. 마치 상처에 소금이 닿는 것처럼 쓰릴 때도 있었지만, 분명 얻은 것도 있었다. 내가 전보다 주어진 것에 만족할 줄 알며, 내일보다 오늘 더 행복하게 살기 위해 애쓰는 사람으로 변하고 있음을 스스로 확인할 수 있었던 것이다. 그것은 한 명의 사람으로서 성장한 느낌이기도 했다.

어떤 이에게는 최악의 날이 나에게는 일상이 된 지금, 나 또한 내가 맡았던 환자들처럼 때로 불행해지고, 앞으로 약해질 것이며, 최악의 시간을 거쳐 언젠가 반드시 죽음에 이르리라는 것을 안다. 삶이 유한하다는, 이 지극히 당연하고 간단한 사실을 배우기 위해 아둔하기 이를 데 없는 나는 여러 번 가슴을 치며 눈물을 쏟아야 했다. 하지만 내 고향 한국에서 이 책을 접할 분들은 나처럼 가슴 아픈 순간은 건너뛰고 삶의 유한함만 되새겼으면 하는 바람이다. 예전에 비해 지금의 한국은 물질적인 면에서 무척 발전했고 살기 편리해졌지만 사람들의 마음은 그만큼 편안해지지 못했다는 얘기를 여러 지인으로부터 들었다. 나는 그곳 사정에 밝지 못하지만 여러 매체를 보면 많은 사람들이 평생 불행하지 않을 것처럼, 평생 아프지 않을 것처럼, 그리고 평생 죽지 않을 것처럼 살며 오로지 똑같은 목표를 향해 맹렬한 기세로 달려간다는 느낌을 받는다. 내가 한때 그랬듯, 삶은 결국 유한하다는 사실을 잊은 채 말이다.

모쪼록 독자들이 각자의 처지에서 자신의 삶을 돌아보며 조금 더 만족할 수 있는 부분을 찾고, 숨어 있는 행복을 찾을 수 있는 마음 한편, 혹은 여유를 마련하는 데 이 책이 도움이 되길 바란다. 그래서 어제보다 오늘을, 오늘보다 내일을 더 행복하게 살아서 결국 삶이라는 끝이 분명한 도화지를 행복이 주는 다채로운 색깔로 가득 채웠으면 좋겠다. 그것이 더 나은 삶을 위한 여러분들의 치열하면서도 애달픈 수고를 좀 더 보람된 수고로 만들어줄 것이라는 믿음 때문이다.

환자와 동료들의 사생활 보호를 위해 글에 등장하는 모든 이름은 가명으로 표기하였으며, 몇몇 상황 묘사 역시 사실과 일부 다른 점이 있음을 밝힌다.

무엇보다, 나와 함께 울고 웃으며 이 모든 과정을 함께해준 아내 정진희와 딸 김영조, 아들 김승주에게 한없는 사랑과 존경과 감사의 마음을 전하며 이 책을 바친다.

2024년 2월
김준일

차례

2부 출동을 기다리며 쓰러진 삶을 구조하기

3부 다시, 집으로 죽음이 침범할 수 없는 것들

1부

현장에서

생의 가혹함과 맞닥뜨리다

내가 하는 일

　"우리 총리님께서 말이야, 캐나다 공중 의료 시스템의 최전선에 파라메딕이 있다시네? 그래서 말인데, 아까 그 환자 상처 말이야, 정말 끔찍하지 않았어?"라는 파트너 C의 말에 피식 웃음이 나왔다. 환자는 자신의 무릎에 붙은 딱지를 뗐더니 피가 흘러나와서 911에 신고했다고 말했다. 막상 가서 보니 딱지가 앉았던 자리에 작은 핏방울이 맺혔을 뿐 별다른 이상은 없어 보였다. 밴드 붙이고 나갈 때 문을 잘 닫아달라는 환자의 말대로 C와 나는 그 '끔찍한' 상처에 밴드를 잘 붙여주고 문단속까지 한 후 돌아오는 길이었다. "사람들은 우리가 무슨 대단한 일을 하는 줄 알 거야"라고 했더니 C는 "아니지, 우리가 별로 대단한 일을 하지 않는다는 걸 사람들은 이미 알아. 그러니까 911에 전화해서 밴드 붙이러 와달라는 말을 저리 쉽게 하는 거지"라고 말했다. 그의 냉소적인 농담에 쓴웃음을 지을 수밖에 없었다.

2024년 2월 현재 캐나다에서 6년째 파라메딕으로 일하며 알게 된 것 중 하나는 911 현장이 드라마나 영화에서 묘사되듯 매번 극적이지는 않다는 사실이다. 위에 언급한 것 같은 비응급 환자의 수가 응급 환자의 수보다 더 많기 때문이다. 그래서 파라메딕이 되면 뭔가 대단한 일을 하게 될 줄 알았던 실습생들은 이런 비응급 환자들이 대부분을 차지하는 911 현장의 현실을 접하고 나서 적잖이 실망하는 모습을 보이기도 한다. 그들에 비해 나는 10년 넘게 직장 생활을 해본 탓인지, 처음 이 일을 시작했을 때도 '일이라는 게 다 거기서 거기'라는 생각이 강했고, 그 덕에 비응급 환자들을 맡으면서 크게 실망하는 일도 별로 없었다.

하지만 그런 나도 연차가 늘고 경력이 쌓이면서 비응급 환자들을 대하는 일이 점점 달갑지 않아졌다. 내가 받았던 교육과 훈련은 대부분 비응급 환자보다는 현장에서 병원까지 가는 동안 즉각적인 조치가 없으면 생사가 달라질 수 있는 응급 환자들을 위해 마련된 것들이었고, 그들이야말로 911 응급 의료 시스템이 존재하는 이유라고 생각했기 때문이다. 그래서 비응급 환자들을 마주할 때면 '이런 걸로 굳이 앰뷸런스까지 불러야 했나'라는 생각을 지우기 힘들었고, 그들과 함께하는 시간 역시 지루하고 따분할 때가 많았다. 어떤 비응급 환자들은 앰뷸런스를 불렀으면서도 정작 병원은 가지 않겠다고 고집을 부리곤 했다. 때마침 인근에서 정말 위급한 환자가 발생한 경우 병원에 안 가겠다는 이들과 실랑이를 벌이느라 우리를 필요로 하는 곳에 달려가지 못할 때는 화도 났다. 비응급 환자라도 911에 도움을 요청할 수 있고, 우리는 그 요청에 당연히 응해야 하지만, 나에게 이들은 가급적 피할 수 있으면 피하고 싶은 존재였다. 그날 응급과 비응급의 극단에 선 두 환자를 맡기 전까지는.

신입으로 채용되고 얼마 지나지 않았을 때였다. 근무가 시작된 지 채 10분도 되지 않았을 무렵, 우리 베이스 옆에 위치한 OPPOntario Provincial Police(온타리오주 경찰) 파견대에서 경찰차 세 대가 한꺼번에 사이렌을 울리며 맹렬한 기세로 달려 나가는 모습이 눈에 들어왔다. 이 모습을 조용히 지켜보던 파트너 D는 "아침부터 한 대도 아니고 경찰차 세 대가 저렇게 급하게 나가는 거면 우리도 곧 출동해야 하는 일일 거야. 지금이라도 화장실 얼른 다녀오고 먹을 수 있을 때 뭐든 먹어둬"라고 말했다. 사실 D의 첫인상은 별로 좋지 못했다. 나에게 필요한 말 외에는 하지 않았고 사람이 다가갈 수 있도록 곁을 내주는 느낌도 들지 않아서 처음에는 '내가 뭘 잘못했나?' 하고 걱정하기도 했다. 내가 D와 일하게 되었다고 하자 그와 함께 일해본 동료들은 하나같이 "쉽지 않은 사람인데, 몇 번 겪어보는 것도 나쁘진 않을 거야"라며 알 듯 모를 듯한 인물평을 흘렸다. 그들은 D가 35년 간 근무한 베테랑이며 수많은 현장 경험을 통해 몇 가지 정황만으로 전체를 꿰뚫어 보는 통찰력을 갖고 있다고도 했다. 마치 그것을 증명이라도 하듯 그의 말이 끝나기가 무섭게 출동을 알리는 벨 소리와 함께 지령실의 상황 전파 방송이 이어졌다.

"코드 4(즉각적인 의료 조치가 취해지지 않으면 생명이 위험해질 수 있다고 판단되는 경우 사용되는 식별코드), 두부 외상 및 의식 불명의 30대 여성 환자. 살인 사건일 수 있음. 반복합니다. 코드 4, 두부 외상 및 의식 불명의 30대 여성 환자. 살인 사건의 가능성 있음."

앰뷸런스에 올라 현장으로 달려가면서 아까 들었던 지령실의 전달 내용을 곱씹어 보았다. 좀 이상했다. 이른 아침 30대 여성이 머리에 부상을 입고 의식을 잃었는데 최초 신고자는 그게 살인 사건일 수도 있음을 어떻게 알았을까? D 역시 같은 생각을 하고 있었는지 읊조리듯 말했다.

"거기서 일어난 일을 봤거나 아니면 최소 거기 있던 사람이 신고했을 거야."

그때 당직 간부인 S로부터 전화가 왔다.

"경찰하고 통화했는데, 자기가 와이프를 죽였다고 하는 남자를 체포했대. 예전에 자기가 살던 집으로 와서 체포해 달라고 부탁했다더군. 그러니까 그 사람은 지금 사건 현장에 없어. 아무튼 그 남자 말대로라면 여자는 코드 5(현장 도착 전 환자가 이미 사망한 경우)일 텐데 남자가 직접 사망을 확인한 건 아니고 피를 많이 흘려서 죽었을 거래. 둔기나 무기는 안 썼고 주먹질 하고 발길질만 했다는데 일단 살아 있는지부터 확인해야지. 한 시간 전쯤이래. 사건 발생 시간도 아마 그쯤일 거야."

앰뷸런스의 경광등 불빛이 옥수수 잎에 내려앉은 서리에 닿아 반짝이고 있었다. 그 반짝임이 시속 120킬로미터의 속도로 지나가는 것을 멍하니 바라보며 한때는 사랑이라는 이름으로 부부가 되었을 두 사람이 이제는 살인 피해자와 피의자가 된 기막힌 운명을 생각해 봤다. 하지만 그런 생각 따위는 이제 아무 쓸모가 없고, 이 피해자가 아직 살아 있다는 가정하에 발생 가능한 최악의 시나리오와 내가 할 일들을 되새겨 봐야 했다.

'남편이 아내를 때려 죽인 것 같은데 실제 죽었는지는 모른다는 거네. 만일 환자가 살아 있다면 지금쯤 의식은 돌아왔을까? 대화는 가능하려나? 출혈은 어느 부위에서 얼마나 발생했을까? 아무래도 손에 피가 좀 묻을 테니까 장갑은 두 겹으로 끼고 여벌도 준비해 둬야지. 일단 경추보호대로 목을 고정해야 겠고. 동공반응, 그렇지 동공반응도 확인해야지. 다른 곳은? 머리 말고 다른 곳에 외상이 있을까? 무거운 환자는 아니었으면 좋겠는데…'

현장에는 아까 봤던 경찰차 세 대가 도착해 있었고, 정기적으로 마을 주민들을 방문하여 건강 상태를 점검하는 커뮤니티 파라메딕인 M도 무전 내용을 듣고 그곳에 와 있었다. D와 내가 앰뷸런스에서 장비를 꺼내려 할 때 우리보다 앞서 들어가 환자를 살핀 M이 양손에 피를 묻힌 채 밖으로 나와 우리를 향해 외쳤다.

"아직 살아 있어. 호흡도 있고 맥박도 있는데 의식은 없어. 빨리! 바로 옮겨야 해!"

집 안으로 들어가자 현관문 오른편에 무쇠로 만든 검은 난로가 보였고 그 밑에 수북하게 쌓인 회색 재 가루 위로 여자가 엎드려 있었다. 그녀의 머리 주변으로는 피가 넓게 퍼져 있었는데 그중 일부는 재 가루 위로, 또 다른 일부는 나무 마루판 이음매 사이로 들어가 있었다. 마룻바닥은 피 묻은 발자국으로 어지럽혀져 있었으며, 군데군데 팬 곳에 고인 피는 걸음을 내디딜 때마다 파르르 떨리며 작은 물결을 일으켰다.

환자를 똑바로 눕히기 전에 M이 재빨리 그녀가 입고 있던 티셔츠를 가위로 잘라냈다. 총에 맞거나 칼에 찔린 경우 생길 수 있는 사입구와 사출구를 확인하기 위함이었으나 정작 확인된 것은 그녀의 등 전체를 덮고 있는 검푸른 피멍이 전부였다. 나는 엎드려 있는 환자를 똑바로 눕히기 위해 목과 머리를 잡았지만 그녀의 머리는 방금 피로 머리를 감은 듯 푹 젖어 있었고, 피 때문에 너무 미끄러워서 제대로 잡을 수 없었다. 다시 고쳐 잡으려고 이리저리 손을 옮겨봤지만 그때마다 머리카락에서 튄 핏방울이 내 얼굴과 근무복 상의 여기저기로 날아들었다. 그 와중에 어떤 머리카락은 피에 엉겨 붙어 피딱지가 되어 있었고, 또 어떤 머리카락은 두개골과 너덜거리는 머리 가죽 사이에 끼어 있었다. 겨우 환자의 머리와 목을 잡아 가까스로 경추보호대를 채운 후에 환자를 바로 눕혔다. 그렇게 해서 보게 된 환자의 얼굴은….

아, 그것은 사람의 얼굴이 아니었으니… 코와 입이 있어야 할 자리에는 피로 웅덩이가 져서 부서진 치아가 그 안에 뒹굴었고, 그녀가 숨을 쉴 때마다 코가 있던 자리에서는 빨간 피거품이 보글보글 끓어올랐다. 그리고 코에서 인중까지 이어지는 피부는 마치 회를 뜬 듯 오른쪽 눈 밑으로 밀려나 있었다.

그 모습을 본 우리 모두는, 아주 짧은 순간이었지만 멈칫할 수밖에 없었고, 누군가는 한숨을, 또 누군가는 욕설을 내뱉지 않았더라면 나는 아마 그 자리에 얼어붙은 채 좀 더 서 있었을 것이다. M이 옆에 있던 경찰관에게 따지듯 물었다.

"도대체 무슨 일이 있었던 거야? 어떻게 이런…?"

그러자 그가 대답했다.

"여자 머리를 난로에 대고 차고 밟았대. 나도 방금 전해 들었어."

지체할 시간이 없었다. 들것에 누워 있는 환자를 안전벨트로 고정도 못 한 채 바로 앰뷸런스로 옮겼다. 그리고 오타와 외상센터로 향하는 동안 좁은 앰뷸런스 안에서는 다섯 명의 메딕이 한 명의 환자에게 달라붙었다. M은 생리식염수를 부어 재가루를 씻어낸 후 벗겨진 얼굴을 원래 자리로 옮겼고, 나는 기본적인 생체 징후를 측정했다. D는 석션suction으로 입 안에 찬 피와 이물질을 빼낸 후 두부와 안면부에 드레싱을 했으며 S는 정맥로를 확보했다. 그리고 밖에서는 경찰차 세 대가 우리 앰뷸런스 앞을 달리며 다른 일반 차량의 도로 진입을 막아주었다. 렌프루 카운티에서 오타와를 연결하는 417번 고속도로는 출근 차량으로 꽉 막혀 있었지만 우리가 지나갈 수 있도록 기꺼이 길을 내어준 오타와 시민들 덕분에 평소라면 한 시간은 걸렸을 외상센터까지 정확히 40분 만에 주파할 수 있었다.

이송 중 전용 무선 채널로 외상센터에 통보를 했기 때문에 우리가 도착했을 때 이미 오타와 외상센터 소생실은 미리 와서 대기하고 있던 의료진들로 가득했다. M은 그곳에 모인 사람들이 한 번에 다 들을 수 있도록 큰 목소리로 환자의 초기 상태와 우리가 취한 조치, 투여한 약물, 그리고 생체 징후를 포함한 환자의 현재 상태에 대해 브리핑했다. 하지만 마루에 고인 피를 밟을 때 났던 찰박찰박하는 소리와 바닥에서 올라오던 쇳가루 비슷한 피 냄새는 브리핑에 포함되지 않았다. 지금은 드레싱에 가려 보이지 않지만 현장에서 환자의 벗겨진 얼굴 가죽을 보았을 때 우리가 받았던 충격 역시 그 브리핑에는 포함되지 않았다. 이로써 눈을 감아도 여전히 보이는 보글거리는 피거품을 포함하여, '환자 케어와는 별 상관 없고 중요하지 않지만 우리 눈과 귀와 마음속에는 여전히 남아 있는 것'들은 공식적으로 존재하지 않는 것이 되어버렸다.

어쨌거나 환자의 생사는 외상센터 의료진들의 손으로 넘어갔고 우리가 환자를 위해 할 수 있는 일은 거기서 끝이 났다. 피 묻은 들것을 끌고 병원 밖으로 나와 앰뷸런스 전용 주차 구역에서 소독약으로 피를 닦아냈다. 침묵이 어색했던 나머지 누군가는 "뭐…" 혹은 "으흠…" 같은 소리를 내기도 했지만 제대로 된 말을 꺼내는 사람은 아무도 없었다.

우리는 어서 다음 출동을 준비해야 했다. 근무복도 갈아입어야 했고 머리카락에 튄 핏방울도 닦아내야 했다. 사실 옷이야 갈아입으면 되고, 머리는 감으면 되고, 앰뷸런스 바닥에 흐르는 피는 소독약을 뿌리고 씻어내면 그만이다. 하지만 내 마음속에 불어닥친 소용돌이는 가라앉을 줄 몰랐고, 그 탓에 사물을 헤아리고 판단하는 능력이나, 무엇을 보고 느끼는 행위 모두 엉망진창이 되어서 나는 그만 멍해지고 말았다. 그러다 문득 든 생각. '오늘 이런 신고가 한 번 더 들어오면 어떻게 해야 하지?' 이제 근무를 시작하고 겨우 세 시간이 지났을 뿐인데 남은 아홉 시간을 어떻게 버텨야 할지 자신이 없었다.

파라메딕으로서 환자의 상태를 최대한 정상에 가깝게 끌어올려 궁극적인 치료가 가능한 병원까지 신속하게 이송했다는 성과 따위는 생각할 수 없었다. 그보다 사람이 사람을, 그것도 남편이 아내를 그렇게 만들 수도 있다는 사실을 직접 목격하고, 그 상처를 만지며 남몰래 몸서리쳤던 내 나약함에 마음이 불편해졌다. 캐나다 공중 의료 시스템의 최전선은 생각보다 잔혹했고 치열했으며, 애초에 큰 기대 없이 이 일을 시작한 내가 그런 현장을 다시 접하게 된다면 별 탈 없이 견뎌낼 수 있을지 확신이 서지 않았다. 이 직업을 선택한 것을 후회하는 건 아니었지만 내가 감당할 수 있는 한계가 어디까지인지 시험에 든 것은 분명해 보였다. 베이스로 돌아오는 길에 D에게 힘겹게 입을 떼어 물었다.

"…어떻게 사람이, 그것도 아내에게 저럴 수 있죠?"

그러자 D가 말했다.

"받아들이지´마. 이해할 필요 없어. 너하고는 아무 상관 없는 일이야. 너는 너만의 세상이 있고 나는 나만의 세상이 있어. 우리는 각자의 세상 속에서 살다가 근무복을 입고 일하는 동안만 다른 사람의 세상에서 잠깐 천사처럼 굴면 돼. 그리고 할 일을 마치면 다시 우리의 세상으로 돌아와서 성질대로 살면 되는 거야. 이 일을 오래 할 생각이라면 그걸 잊지 마."

'그래, 35년 동안 이 꼴을 봐왔으니 말은 쉽겠지…' 나는 그의 경험과 연륜에서 우러나온 지혜 혹은 공감 같은 것을 기대했는데, 이보다 더 험한 모습을 보며 닳고 닳았을 그에게 따뜻한 뭔가를 기대한 내 잘못이었다. 그렇게 일갈하듯 말한 D가 얄미워서 그날은 그가 나에게 그랬듯 나 역시 그에게 필요한 말 외에는 하지 않았다.

그날은 그 사건 이후로는 출동이 없다가 근무 끝나기 한 시간 전쯤 마지막 신고가 들어왔다. 트램펄린에서 뛰어놀다가 넘어져서 발목을 삔 것 같다는 열한 살 여자 비응급 환자였다. 현장에 도착했을 때 아이는 자기 집 뒷마당 잔디 위에서 제 엄마의 다리를 베고 누워 있었고, 그 뒤로 노을이 뉘엿뉘엿 지고 있었다. 아이 엄마는 아이의 머리카락을 쓰다듬으면서 퇴근 중인 아이 아빠와 통화를 하고 있었다. 아이의 발목이 부러진 것은 아닌 듯했고 통증 또한 심하지 않아서 베개로 발목을 감싼 후 아이를 번쩍 들어서 앰뷸런스로 옮겼다.

아이의 가장 큰 걱정은 다친 발목 때문에 당분간 친구들과 뛰어놀지 못한다는 것이었는데, 태어나서 처음 타본 앰뷸런스에 신이 난 아이는 방금 전까지의 걱정은 잊은 듯했다. 병원까지 가는 동안 걱정 반 신기함 반의 얼굴로 좀 전까지 피가 잔뜩 묻어 있던 기구와 장비에 대해 물었고, 초롱초롱한 눈으로 트램펄린이 얼마나 재미있는지 재잘댔다. 아이의 높고 맑은 목소리를 듣고 있으니 이상하게도 콧등이 시큰거렸다. 평소에는 별로 반갑지 않던 비응급 환자의 평안한 일상에 잠시 불려 온 나로서는 새로운 세상을 발견한 느낌이었다. 사실 출근 전까지 내가 살던 세상과 별 다를 바 없는 풍경이었는데 왜 눈물이 나려고 했을까? 아마 그 아이는 자기 앞에 앉아 있는 이 아저씨가 왜 콧날이 붉어지고 헛기침을 그리 했는지 의아했을 것이다. 아이를 병원으로 옮기고 나오는 길에 아이와 아이 엄마가 고맙다며 손을 흔들었다.

아이들과 아내 생각이 났다. 우리 아이들도 학교에서 돌아오면 친구들과 있었던 일을 저 아이처럼 재잘거리곤 했다. 어쩌면 내가 하는 일은 정말 대단한 일이 아닐지도 모른다. 이 아이가 빨리 낫도록 도와서 다시 친구들과 어울리고 힘차게 트램펄린 위에서 뛰어놀고, 그날 있었던 일을 식구들 앞에서 얘기할 수 있도록 '돕는' 일일 것이다. 오전의 그 환자 역시 죽지 않고 다시 살 수 있도록 '돕는' 일이 우리가 하는 일이다. 그 간단한 사실을 깨닫는 데 머리와 얼굴이 벗겨진 채 피를 쏟던 응급 환자와 발목을 다친 비응급 환자가 필요했다. 오늘 나는 사람들을 도왔고, 잘 해냈다. 그 와중에 마음에 작은 생채기가 나긴 했지만 집에 가서, 내 세상으로 돌아가서 아이들과 아내와 뒤섞여 눌은 밥처럼 딱 붙어 떨어지지 않는 평범한 일상을 함께하면 그 생채기는 곧 나을 것이다.

결국 D의 말이 맞았다. 그가 여전히 얄미웠지만 그래도 다음에 커피 한 잔 사서 슬쩍 건네기로 했다. 내 마음속에 휘몰아쳤던 소용돌이는 어느덧 잔잔한 미풍으로 바뀌고 있었다.

파라메딕의 다이내믹한 하루

　　새벽 5시 30분, 출근을 위해 집을 나섰을 때도 눈은 여전히 퍼붓고 있었다. 전날 밤부터 쏟아지기 시작한 눈은 이미 무릎까지 쌓였지만 한두 시간 안에 그칠 것 같지 않았다. 게다가 휴대폰 바탕화면은 현재 기온 영하 18도를 가리키고 있었다. '혹한 속 폭설이라… 갑자기 몸이 안 좋다고 둘러대고 하루 집에서 쉴까? 그러면 아직 온기가 남아 있을 침대 속으로 다시 쏘옥 기어들어 갈 수 있을 텐데…' 하는 생각이 들었다. 보통 이런 날씨라면 온종일 바쁘거나 쥐 죽은 듯 조용하거나 둘 중 하나일 거라 생각했다. 나는 왠지 한가한 하루가 될 것 같은 막연한 희망에 그냥 출근하기로 마음을 먹었다.

일단 눈 속에 파묻혀서 형태만 보이는 차부터 구해냈고 집 앞 진입로에 쌓인 눈도 차가 빠져나갈 수 있을 정도로만 걷어 냈다. 그런데 삽질이 좀 과했는지 오전 6시가 되기도 전에 살짝 지쳐버렸다. 그렇다고 여유를 부릴 수는 없어서 급하게 차를 몰고 길을 나섰다. 그날의 근무지였던 렌프루 베이스는 평소 같으면 집에서 차로 45분이면 닿는 곳이지만 폭설로 인해 평소보다 30분이나 더 걸렸고, 오전 7시가 다 되어서야 겨우 도착할 수 있었다. 원래는 훨씬 일찍 도착해야 했지만 그래도 이런 날 별사고 없이 제시간에 출근한 것만으로도 하루 할 일 중 절반은 해낸 듯했고, 그걸 자축하는 의미에서 나에게 작은 상이라도 줘야 할 것 같았다.

그래서 야심 차게 준비했다. 즉석밥과 즉석미역국. 이것들이 출근 전쟁에서 이기고 얻은 전리품처럼 새벽부터 삽질하느라 애쓴 나의 수고를 보상해 주리라 믿었다. 즉석식품을 담고 뱅글뱅글 돌아가는 전자레인지는 마술 상자처럼 모락모락 올라오는 연기와 함께 밥 익는 냄새를 풍기며 옛 기억을 불러일으켰다. 한국에서 회사를 다닐 때 사내 식당에서 아침으로 나오는 김밥에 질릴 때면 근처 골목의 식당에서 2,500원짜리 백반을 사 먹곤 했다. 그 백반집 입구에는 업소용 대형 전기밥솥이 있었는데 거기서도 이런 모락모락 연기와 함께 밥 익는 냄새가 났다. 겨울 새벽 추운 날씨에 출근 전쟁을 마치고 사 먹는 백밥은 저렴한 가격도 좋았지만, 무엇보다 뜨끈한 국물에 밥 한 그릇 말아 먹으면 따뜻한 이불 속에서 차가운 새벽으로 뛰쳐나온 보상을 받는 것 같았다. 모르긴 해도 그때 내 뒤에서 등을 맞대고 앉아 같은 메뉴를 먹었던 어떤 아저씨도 나와 비슷한 기분이었을 것이다. 그런 추억에 젖어 마치 서울 한복판에 있는 듯한 착각에 빠질 때쯤 전자레인지 완료음이 울렸다. 그런데 마술 상자의 염력이 좀 부족했는지 미역국이 덜 풀렸네. 그래서 국만 다시 넣고 더 데우려는데 출동벨이 울렸다. 오전 7시 22분이었다.

일단 출동벨이 울리면 2분 안에 앰뷸런스에 탑승하여 정상적으로 출동했음을 지령실에 무전으로 알려야 한다. 재빨리 싱크대 선반에서 누군가 두고 간 밀폐 용기를 찾아 거기에 덜 풀린 미역국과 즉석밥을 쏟아부었다. 그리고 한 손으로는 밀폐 용기를 들고 다른 한 손으로는 숟가락을 공갈 젖꼭지 물듯 입에 넣고 곧바로 앰뷸런스 4572호에 올라탔다.

렌프루에서 차로 15분 정도 떨어진 글래스고에서 스탠바이(출동 대기)를 하라는 지령실의 지시였다. 글래스고까지 가는 내내 눈보라가 몰아쳤지만 기온은 조금 올라서 영하 15도를 가리키고 있었다. 누가 이 날씨에, 이른 아침부터 사고를 내겠는가. 비록 좁은 앰뷸런스 안이지만 응급 현장 따위는 잠시 잊고 눈으로 덮인 하얀 세상을 감상하며 따뜻한 국밥을 여유롭게

즐기겠노라 다짐했다. 드디어 글래스고에 도착해서 공용 와이파이가 잡히는 마을 회관 옆에 주차를 했다. 살짝 식긴 했지만 그럭저럭 먹을 만한 즉석미역국을 막 한술 뜨려고 하는데 지령실에서 우리 4572를 불렀다. 내 기대를 비웃듯 누군가 이 날씨에, 이른 아침부터 사고를 내고 만 것이다. 시간은 오전 7시 45분이었다.

입에 넣지도 못한 미역국에게 작별을 고하고 달려간 곳은 글래스고에서 멀리 떨어지지 않은 17번 국도였다. 거기서 3중 추돌 사고가 일어났고 총 다섯 명의 환자가 발생했는데, 그중 한 명이 머리와 안면에 외상이 있다고 지령실에서 알려왔다. 교통사고 현장에 도착하면 제일 먼저 확인하는 몇 가지가 있다. 사고 차량이 몇 대인지, 얼마나 빨리 달렸는지, 차량에 탑승한 사람은 전부 몇 명인지, 차창 밖으로 튕겨 나간 사람은 없는지, 안전벨트는 맸는지, 에어백은 터졌는지, 운전자가 음주나 마약은 하지 않았는지 등이다. 이번 사고는 앞서가던 차량이 눈길에서 과속을 하다 미끄러졌고 뒤따르던 차량이 미끄러진 차량의 좌측 측면을 들이받으면서 발생했다. 받힌 차량은 몇 차례 뒤집히며 굴렀고, 그 차의 조수석에 타고 있던 남자는 사고 당시 안전벨트를 매고 있지 않은 탓에 차가 구를 때 차 안 여기저기로 내동댕이쳐졌다. 그리고 차 안에 있던 고정되지 않은 모든 물체가 흉기가 되어 날아왔다. 환자는 안전벨트를 하고 있지 않았음에도 불구하고 차 밖으로 튕겨 나가지도, 깨진 창문으로 몸이 삐져나와 차에 깔리지도 않았다. 불행 중 다행이었다.

앰뷸런스에서 내리자 세찬 눈발이 뺨을 때리고 시야를 가렸다. 얇은 의료용 장갑을 낀 손은 맨손이나 다름없어서 금세 손끝이 시려왔다. 환자의 머리에서 시작된 피는 여전히 흘러내리며 얼굴 전체를 덮고 있었다. 일부는 입으로 들어가 환자가 숨을 쉬거나 말을 할 때마다 피가 튀겼으며, 또 일부는 땅으로 떨어져 눈 위에 빨간색 동그라미를 여러 개 그려냈다. 파트너 M이 환자의 머리 외상을 확인하는 사이 나는 경추보호대를 환자 목에 댔다. 밤 근무를 마치고 퇴근하던 K가 현장을 발견하고 뛰어들어 사고 차량에 아직 남아 있던 다른 환자들을 중증도에 따라 분류해 준 덕분에 가장 상태가 안 좋았던 이 환자부터 앰뷸런스로 옮길 수 있었다.

사실 차량에 탑승해 있던 사람들 모두가 괜찮은 것은 아니었다. 차 안에는 모두 네 명이 탑승해 있었는데 그중 한 여자는 이 환자가 뿜어낸 피를 뒤집어쓴 채 쉴 새 없이 비명을 질러대고 있었다. 알고 보니 이 네 명의 탑승자는 모두 형제자매 사이였고, 네 남매가 선더베이에 사는 어머니의 임종을 지키러 가던 길에 사고를 당한 것이었다. 어머니가 살아 계시는 동안의 마지막 모습을 볼 수 없게 됐다는 생각과 자칫 오빠마저 잘못될 수 있다는 생각에 패닉에 빠져버린 이 여자는 쉽게 진정하지 못했다. 하지만 일단 제일 위중한 환자부터 조치를 취해야 했기 때문에 그녀의 비명을 뒤로하고 급한 환자부터 앰뷸런스로 옮겼다.

사고 현장 한가운데 서 있으면 사실 정신이 없다. 앰뷸런스, 경찰차, 소방차에서 내뿜는 경광등 불빛만으로도 혼이 쑥 빠지는데, 거기에 여기저기서 들리는 고함, 무전기에서 들리는 잡음, 길에 널브러진 잔해와 어느새 모인 구경꾼들까지 뒤섞이다 보면 오롯이 환자에게만 집중하기 힘들 때가 많다. 그래서 환자 상태가 어느 정도 파악이 되면 환자를 내 집무실이나 다름없는 앰뷸런스로 옮겨서 차근차근 다시 살펴본다. 그렇게 환자의 생체 징후도 다시 쟀고, 가위로 옷을 잘라내어 전신을 살펴봤다.

환자는 코와 눈 주변 살들이 뜯겨서 너덜거렸고, 이마부터 눈 옆까지 찢어진 상처에서 출혈이 있었지만 별다른 뇌 손상 징후는 발견되지 않았다. 다만 좌상복부의 심한 통증은 좀 걱정이 됐다. 좌상복부에 있는 비장이 파열되면 심한 출혈로 이어질 수 있는데 자칫하면 생명이 위태로울 수도 있기 때문이다. 환자의 혈압이 정상 범위 위아래를 불안하게 넘나들고 환자의 안색마저 창백했기 때문에 의심을 거둘 수 없었다. K가 정맥주사로 수액과 모르핀을 투여했고, 척추 보호와 지혈까지 다 마쳤으니 이제 디젤 테라피diesel therapy(환자를 최대한 빨리 병원으로 이송해야 하는 상황에 쓰는 은어)라고 부르는, 다시 말해 최대한 신속하게 외상센터까지 달리는 일만 남았다. 파트너 M이 운전대를 잡았고 이제는 본인이 퇴근 중이었다는 것마저 잊은 듯한 K가 나와 함께 오타와 외상센터까지 내달렸다.

통증이 어느 정도 가라앉자 환자는 그제야 무슨 일이 있었는지 하나씩 파악이 되는 것 같았다. 살아남았다는 안도감, 다른 가족들에 대한 걱정, 어머니에 대한 미안함, 그리고 복잡다단한 감정들이 한꺼번에 밀려 들어온 탓인지, 환자는 결국 울음을 터뜨리고 말았다. 사고 현장에서는 꽤 담담하던 환자들도 막상 앰뷸런스로 옮겨진 후에는 감정에 북받쳐 눈물을 터뜨리는 경우가 종종 있다. 본인은 괴로웠겠지만 나는 환자가 울 수 있다는 사실이 더 좋았다. 의식을 잃지 않고 방금 일어난 사건을 기억하며, 감정을 느끼고 말로 표현할 수 있다는 것, 더군다나 호흡곤란 없이 울 수 있다는 것으로 뇌와 심폐 기능에 대한 당장의 큰 걱정은 덜 수 있기 때문이다. 적어도 이 환자가 살아 있는 동안 보게 되는 마지막 사람이 나는 아니겠구나 하는 생각에 속으로 안도할 수 있었다.

다행히 걱정했던 혈압도 정상 범위에서 머물렀고, 외상센터로 환자를 넘길 때까지 환자는 안정적인 상태를 계속 유지했다. 덕분에 카운티로 돌아오는 발걸음은 매우 가벼웠다. 이제 베이스로 돌아가 입에 넣어보지도 못한 야심작과 재회하리라 다시 한번 다짐했다. 하지만 베이스에 도착하여 밀폐 용기를 열어보니 미역국은 온데간데없이 사라진 후였다. 밥알이 국물을 전부 흡수해 버린 채 퉁퉁 불어서 젖은 뻥튀기처럼 변해버린 것이다. '그냥 버릴까…?' 하는 생각이 들었지만 오전 11시가 넘도록 아무것도 먹지 못했기 때문에 어떻게든 살려내야 했다. 환자도 살리고 밥도 살려야 하는 신세를 탓하며 퉁퉁 불은 뻥튀기 밥알들을 한 번 더 전자레인지에 넣고 데웠다. 대망의 첫술을 막 뜨려는 순간 또다시 출동벨이 울렸다. 한때 먹음직한 자태를 선보였던 즉석미역국과 즉석밥은 결국 따뜻한 음식물 쓰레기가 되어 버려졌다. 시간은 오전 11시 27분이었다.

애써 복구했던 즉석식품을 버리고 달려가야 했던 환자는 혼자 걸을 수 있다고 지령실에서 알려왔다. 걷는다는 일은 일견 매우 간단하고 쉬워 보이지만 한 발 한 발씩 들어 옮길 수 있는 근력이 있어야 하고, 그 발을 떼고 디딜 때마다 별다른 통증이나 이상 없이 완벽하게 좌우 균형을 맞춰 중심을 이동해야 하는 매우 정교한 행동이다. 따라서 환자가 스스로 걸을 수 있다고 하니 심각한 상황은 아닐 거라고 짐작했다. 환자와 통화한 지령실 직원에 따르면 환자가 기르는 핏불테리어가 낯선 사람을 보면 사납게 변하기 때문에 개를 집 안에 두고 환자가 밖으로 나와 우리를 기다릴 거라고 했다.

환자의 집은 차도에서부터 약 30미터 정도 떨어진 내리막길 끝에 위치하고 있었다. 도로에서는 환자의 집이 바로 내려다보였기 때문에 지령실에서 말한 대로 누가 밖에 나와 있다면 눈에 띄지 않을 수 없었을 텐데 우리가 도착할 때까지 집 밖에 나와 있는 사람은 아무도 없었다. 혹시 환자가 밖에서 우리를 기다리던 중에 쓰러져서 눈 속에 파묻혔나 싶어 여기저기를 살폈지만 사람의 흔적은 보이지 않았다. 길에서 집까지 이어진 진입로에 쌓인 눈은 오랫동안 치우지 않은 것이 분명했다. 게다가 좀 전까지 이어진 폭설 때문에 그냥 봐도 한 발 디디면 족히 허벅지까지 들어갈 것 같았다. 파트너 M과 나는 필경 집 안에서 사람이 쓰러졌다고 판단했다. 결국 그 눈밭을 뚫고 직접 가서 확인하는 수밖에 없었다. 한 발 내디디니 무릎 위로 눈이 올라왔다. 그런 곳으로 앰뷸런스를 몰고 들어가지 않은 것은 잘한 일이었다. 집을 향해 한 발 한 발 내디딜 때마다 신발 속으로 눈이 들어갔고 양말까지 젖어 금방 발이 축축해졌다.

집에 가까워질수록 낯선 사람의 냄새와 소리를 감지한 개가 짖기 시작했다. 지령실에서 말한 바로 그 개였는데, 그냥 들어봐도 이건 똥강아지들이 투정 부리듯 왈왈대는 수준이 아니라는 것을 금세 알 수 있었다. 바짝 긴장하며 환자 집 현관문을 두드렸다. 그런데 예상과 달리 안에서 인기척이 들렸고 곧이어 환자가 직접 나와 문을 열어줬다. 아니나 다를까 거짓말 조금 보태서 송아지만 한 갈색 핏불이 환자 옆에 떡하니 버티고 서서 우리를 향해 걸쭉한 침을 튀기며 맹렬하게 짖고 있었다.

"안녕하세요? 911에 전화하셨어요?"

그러나 환자는 대답 대신 뒷걸음질 치는 듯하더니 통나무가 넘어가듯 서 있는 자세 그대로 뒤로 쓰러졌다. 주인이 쓰러지자 개는 전보다 더 사납게 우리를 향해 짖어댔다. 당장이라도 달려들어 우리를 산 채로 뜯어 먹어도 전혀 놀랍지 않을 맹견이 미친 듯이 짖어대고 있는데 그 주인인 환자는 방금 우리 눈앞에서 쓰러졌다.

규정상 나와 내 파트너의 안전이 확보되지 않았거나 혹은 안전에 위협이 '예상'되는 경우, 우리는 환자가 아무리 위급하더라도 현장 접근을 거부할 수 있고, 경찰이 출동하여 모두의 안전을 확보할 때까지 현장에서 물러나 있어야 한다. 음주나 마약을 했거나, 폭력성을 띠는 환자뿐만 아니라 동물로부터 위협을 느끼는 경우도 마찬가지다. 하지만 지금처럼 환자가 눈앞에서 쓰러지는 모습을 직접 목격한 경우라면 얘기는 좀 달라진다. 몸이 먼저 반응한 것은 나뿐만이 아니었다. M도 나도 개가 우리를 물까 봐 겁나서 잔뜩 움츠러들었지만 일단 손부터 뻗어서 환자의 목과 손목에 맥박을 찾기 시작했고, M도 환자 가슴에 제세동 패드를 붙였다. 이윽고 개도 우리가 자기 주인을 도우러 온 것을 눈치챈 듯, 여전히 으르렁거리긴 했지만 환자로부터 몇 걸음 떨어져서 우리를 노려보기만 했다.

"맥박 잡았어!"

다행히 심정지는 아니었다. 하지만 여전히 심장이 뛰고 있다는 사실을 반길 틈도 없이 이번에는 환자가 양손을 가슴 앞에 모은 채 전신 경련을 일으켰다. 경련은 10초 정도 이어졌으며 환자는 곧이어 노란색과 갈색의 토사물을 토해냈다. 환자의 몸을 왼편으로 돌려서 회복 자세를 취하게 할 때 소변으로 환자의 사타구니가 젖기 시작했고 점점 번지고 있었다. 환자는 금세 의식을 되찾았지만 얼굴에 토사물 범벅을 한 채 영문을 모르겠다는 듯 눈을 휘둥그레 떴고 나를 침입자로 알았는지 내 얼굴을 향해 주먹을 날렸다. 다행히 그것은 내 턱 끝을 스치는 정도에 그쳤다.

"파라메딕이에요! 911에 전화하셨잖아요! 도와드리러 온 거예요!"

내가 소리치며 말하자 환자는 그제야 상황 파악이 되는 듯 잠잠해졌다. 여전히 혼란스러워 보였지만 조금씩 정신을 차린 환자는 질문에 답하기 시작했다. 지난 며칠 동안 명치 끝에서 날카로운 통증이 느껴졌고, 다른 방사통이나 호흡곤란은 없었다고 했다. 전에는 이런 적이 한 번도 없었고, 관련 질병을 앓은 적도 없다고 했다. 뇌졸중 증상도 없었고, 심전도에도 심근경색은 나타나지 않았다. 맥박이 좀 빠르긴 했지만, 혈압과 산소포화도, 체온, 혈당은 모두 정상이었다. 이제 현장에서 할 수 있는 것은 다 했고 빨리 병원으로 가야 했다. 오전처럼 디젤 테라피를 한 번 더 해야 했는데 환자를 앰뷸런스까지 옮기는 게 문제였다.

환자는 거구였다. 일단 환자를 힘겹게 들것으로 옮기고 안전벨트로 고정시켰다. 아이 셋의 엄마인 M은 다음 달부터 다이어트를 시작할 거라고 했다. 나는 그 짓을 십수 년째 반복 중이라고 했다. 운동 부족에 과체중인 파라메딕 둘이서 거구의 환자를 든 채 미끄러운 오르막길, 그것도 무릎 위까지 올라오는 눈길을 걸어 올라 앰뷸런스까지 가야 했다. 중간쯤 갔을까, 들것에 누워 있던 환자가 구토를 하려고 몸을 마구 뒤틀어댔다. 그가 움직이자 한쪽으로 무게가 쏠리면서 환자를 들고 있기 더 힘들어졌다. 한 걸음씩 옮길 때마다 미끄러운 눈과 얼음 때문에 걸음을 떼는 것도 힘든데 환자는 한시도 가만히 있지 않았다. M 역시 울기 직전이었다. 게다가 나는 아침부터 삽질을 했던 몸이다. 우리 둘 다 더는 들것을 들고 있을 수 없을 만큼 팔에 힘이 다 빠졌을 때쯤 간신히 앰뷸런스에 다다랐다. 개는 더 이상 짖지 않았다.

앰뷸런스로 옮긴 환자의 구토가 잦아들자 정신을 가다듬고 처음부터 다시 한번 환자를 차근차근 살펴보았다. 환자의 상태는 확실히 나빠졌다. 혈압은 떨어졌고, 산소포화도 역시 확 떨어졌다. 이대로 두면 환자는 쇼크에 빠질 것이다. 정맥주사로 수액을 공급했고 산소도 공급했지만 별 소용이 없었다.

문득 아침의 교통사고 환자에게 안도감을 느꼈던 것과는 달리 이 환자가 살아 있는 동안 보는 마지막 사람이 혹여 내가 될까 봐 불길해졌다. 사실 그 불길함은 환자가 쓰러질 때 이미 시작된 것이나 다름없었고, 환자의 상태가 계속 나빠지면서 점점 불편한 확신에 가까워지고 있었다. 하지만 이 환자가 살아온 60년 세월의 마지막 순간에 나 같은 낯선 이가 자리할 수는 없었다. 그 자리에는 내가 아니라 응당 그의 가족, 하다못해 그 핏불이라도 서 있어야 했다. 하지만 시골길을 달리는 좁은 앰뷸런스에서 환자의 가족을 불러 모을 수는 없었고, 그저 눈길을 좀더 빨리 달리도록 애꿎은 파트너 M을 채근하는 수밖에….

렌프루 빅토리아 병원 응급실에 무전으로 보고를 하면서 "현재 환자 바이털 사인은…"까지 말했을 때 환자가 다시 한번 주먹을 앞으로 모은 채 전신 경련을 일으켰다. "환자 전신 경련 중. 예상 도착 시간 10분!"이라고 외친 후 무전을 끊었다. 경련은 약 10초 정도 지속되었으며 그 후에는 아까처럼 구토를 했다. 그리고 의식은 다시 흐려졌다. 흔들고 소리쳐서 깨워봤지만 환자는 눈을 감고 알 수 없는 소리를 냈다. 병원에 도착한 것은 무전 통보를 한 지 10분도 지나지 않았을 때였고, 시간은 오후 1시 6분이었다.

이미 응급실에는 나의 반쪽짜리 연락을 받고 모인 의료진들로 가득했다. 환자 주변으로 모여드는 그들이 한 번에 다 알아들을 수 있도록 그동안의 조치 내역과 환자 상태에 대해 큰 소리로 전달한 후 서둘러 응급실을 떠났다. 가급적 빨리, 그리고 멀리 그 환자로부터 떨어져서 아까 느꼈던 불길함 혹은 불편한 확신으로부터 멀어지고 싶었다. 하지만 우리가 응급실 문을 나온 지 1분도 채 되지 않아서 응급실 간호사 T가 헐레벌떡 뛰쳐나오며 외쳤다.

"방금 그 환자 심정지 왔어. 와서 심폐 소생술 좀 교대해 줘!"

아… 이런 젠장…. 그 환자는 결국 나를 다시 불러들였다. 환자의 가슴을 누르는 동안 모니터 화면에 뜨는 그의 상태를 나타내는 몇몇 숫자들과 환자의 얼굴을 번갈아 보았다. 입가에 묻어 있는 토사물, 개털이 어지럽게 묻은 셔츠, 소변으로 젖은 바지가 눈에 들어왔고, 눈으로 푹 젖은 발이 새삼 시려웠다. 내 눈에 들어온 것들과 내 발에 느껴진 한기가 지난 한 시간 사이에 환자와 있었던 일들을 떠올리게 했다. 그 시간은 M과 나만 볼 수 있었던 어느 한 사람의 마지막 한 시간이었다. 환자가 살아 있는 동안 만나는 마지막 사람이 되기 싫다는 이유로 도망치듯 멀어지고자 했던 내가 결국 다시 불려 들어와 그의 가슴을 누르게 된 것은 그가 살아 있던 모습을 마지막까지 지켜본 사람, 그의 목소리를 마지막으로 들었던 사람으로서 책임져야 하는 마무리일지도 모른다는 생각이 들었다. 그래서였을까? 일정한 리듬으로 가슴을 누르는 동작을 반복할수록 거북했던 감정이 조금씩 가라앉았고, 40분 넘게 이어진 심폐 소생술이 끝나고 사망 선고가 내려졌을 때 조금 전의 도망치거나 벗어나고 싶던 마음은 어느새 사그라들었다. 대신 '죄송합니다…. 살려드리지 못해서 죄송합니다…'라고 마음속으로나마 인사를 할 수 있을 정도가 되었다. 그것은 영하 15도의 추위 속에서 눈밭을 뒹굴며 자신을 살려보겠다고 발버둥 친 것에 대해, 그리고 자신의 마지막 순간에 함께 있어준 것에 대해 인사라도 제대로 하고 헤어지자는 환자의 배려였다고 애써 이해하고 있다.

집에서 주인을 기다리고 있을 핏불을 위해 경찰을 보냈다. 환자를 위해 해줄 수 있는 게 그것밖에 없었다. 그날은 미친 듯이 바쁜 날이었다. 911 신고 전화는 계속 쏟아져 들어왔고, 결국 네 시간 반이나 초과 근무를 한 후에야 가까스로 퇴근할 수 있었다. 그냥 아프다는 핑계를 대고 나오지 말걸, 작게 후회했다.

실수가 실력이 되기 위한 대가들

내가 다녔던 2년제 칼리지의 파라메딕 과정 맨 마지막은 현장실습이었다. 그 현장실습 때 나는 과 동기들에 비해 유난히 실수가 잦았다. 상당수의 동기가 보건이나 생명과학 관련 학사 학위를 갖고 있었고, 심지어 현직 간호사는 물론 석사 학위 소지자도 있었던 데 반해, 학부에서 회계를 전공했고 10년간 사무직 회사원으로 일하다가 캐나다로 온 나로서는 의학에 관해 일자무식이나 다름없었다. 그런 나에게 의학 용어, 그것도 영어로 된 의학 용어는 외계어 같았고, 약리학이나 병리학은 배우고 익혀도 돌아서면 사라져 버리는 신기루 같았다. 더욱이 대부분 혈기 왕성한 20대 청년들이었던 동기들에 비해 40대에 접어든 내 체력은 '저질'에 가까웠다. 그런 악조건 속에서 현장실습을 맞이했으니, 밤낮이 바뀌는 근무 환경 탓에 집중력과 체력은 평소보다 더 떨어졌고, 내가 뭘 잘못했고 어떻게 바로잡아야 할지 파악할 새도 없이 크고 작은 실수는 계속 이어졌다.

하지만 뭐니뭐니 해도 내 실수의 가장 큰 원인은 못하는 것도 아니고, 잘하는 것은 더더욱 아닌 어정쩡한 내 영어였다(지금도 그 '어정쩡함'에는 변함이 없다). 지령실에서 불러주는 주소를 잘못 받아 적어서 엉뚱한 곳을 내비게이션에 입력하기도 했고 (1049 ABC 스트리트를 9410 CAB 애비뉴로 잘못 입력한다든가) 고통에 몸부림치는 환자가 속사포처럼 쏟아내는 말을 제대로 이해하지 못해서 "Pardon?뭐라고요?"을 여러 번 반복해서 물은 적도 있었다. 그런 탓에 군대 선임한테도 들어보지 못한 인신공격성 질책을 나보다 한참 어린 현장실습 지도자로부터 수없이 들었고, 그것은 지금껏 마음의 상처로 남아 있다. 가족의 미래를 책임져야 했던 나는 형편없는 평가서를 받아 든 채 혼자 앰뷸런스 뒷자리에서 울기도 많이 울었다.

그래도 한 가지 다행이었던 건 중년이 되면서 웬만한 일에 좀 무뎌진 덕분인지 현장실습 중 마주한 사망자 앞에서 크게 긴장하지 않았다는 점이다. 몇몇 동기들은 처음 마주한 시신 앞에서 충격을 받은 나머지 입도 뻥긋 못 하거나 그 자리에서 얼어붙기도 했고, 심지어 그 길로 자퇴한 경우도 있었다. 그래서 인지 파라메딕 전공자라면 누구나 현장실습 중에 저지른 실수 담이 하나씩은 있는데 그중 전설처럼 회자되는 사례가 있다.

어느 겨울날 아파트에서 독거노인이 심정지 상태로 가족들에 의해 발견되었다. 이미 사후경직이 진행된 상태였기 때문에 현장에 도착한 근무조가 할 일은 별로 없었다. 환자의 사망을 가족들에게 확인시키고, 경찰과 검시관이 올 때까지 현장을 잘 보존하면서 유가족에게 발생할 수 있는 만일의 문제에 대비하는 것이 할 일의 전부였다.

이 근무조에는 현장실습 중인 학생이 한 명 배치되어 있었다. 실습 지도를 맡은 근무자가 학생에게 직접 사망자의 손목과 경동맥에 맥박을 짚어보도록 했다. 현재 환자가 심정지 상태가 맞는지 확인해 보는 실습의 일환이었는데 문제의 이 학생, 지금부터 사고를 치기 시작한다. 시신을 보고 너무 긴장해 버린 학생은 자기 손가락 끝에 느껴지는 자신의 맥박을 사망자의 맥박으로 착각해 버렸다. 그 탓에 아직 환자가 살아 있다고 믿어버린 이 학생은 가족들 앞에서 이렇게 외치고 말았다.

"맥박이 잡혀요!I got a pulse!"

미처 말릴 틈도 없이 눈 깜짝할 사이에 실습생이 외친 한마디에 환자 가족들은 글자 그대로 죽은 사람이 살아 돌아온 것처럼 난리가 났다. 사실 그때라도 잘 수습했으면 그나마 다행이었을 텐데 이 학생은 어디에 홀리기라도 한 듯 방금 자기 입으로 맥박이 잡힌다고, 그러니까 심장이 뛴다고 말해놓고서는 심장이 멈춘 환자에게 실시하는 심폐 소생술을 하려고 사망자의 가슴 쪽으로 기신기신 다가가기 시작했다. 반쯤 정신이 나가버린 이 학생을 내던지듯이 사망자로부터 떼어놓은 근무자들은 유가족에게 사망이 틀림없다는 것을 설명해야 했다. 하지만 그게 환자 가족들에게 제대로 들릴 리가 없지…. 가족들은 흥분하기 시작했다.

"방금 저 사람(그제야 정신이 돌아와서 구석에 찌그러져 있던 문제의 그 학생)이 맥박이 뛴다고 했잖아요? 그러면 살릴 가능성이 있다는 말인데 당신들도 저 사람처럼 뭔가 해야 하는 거 아닌가요?"

그래서 사망이 틀림없다는 것을 증명하기 위해 온타리오주 정부 보건당국이 규정하고 있는 '명백한 사망'의 정의와 사례를 가족들에게 설명해야 했고, 사망자의 몸에 각종 장비를 연결하여 모니터상의 모든 수치가 0이고, 심장도 완전히 멎은 상태임을 확인시켜 줘야 했다. 때마침 도착한 경찰과 검시관이 사망을 재확인해 줬지만, 그것은 환자를 두 번 죽이는 일이었고 가족들에게는 헛된 희망을 주어 결국 슬픔의 골만 더 깊게 패게 만든 큰 실수였다. 가족들의 흥분은 쉽게 가라앉지 않았고, 그날 당직 간부까지 현장에 나와 경험이 부족한 학생이 잘못된 판단으로 중대한 착오를 일으킨 점에 대해 유가족에게 대신 사과해야 했다. 그날 그 소동은 관련자 전원이 경위서까지 써내고 나서야 겨우 일단락되었다고 한다.

동료들이 그 학생의 실수담으로 실소를 금치 못할 때, 나는 속으로 '이 친구들이 지금 내가 현장실습할 때 어떤 실수를 저질렀는지 모르니까 이렇게 웃고 떠들지…' 하고 생각했다. 하지만 겉으로 나는 그런 실수 따위는 저지르지 않는 양, 동료들과 비슷한 웃음을 얼굴에 띄우며 조용히 묻어 넘어갔다. 하지만 그 이후 더는 묻어갈 수 없는 일이 생기고 말았다. 앞서 말한 그 학생이 겪은 비슷한 실수를 나도 저지르고 만 것이다.

아침 8시가 조금 넘었을 때, 10대 후반의 여성 환자가 자신의 방에서 심정지 상태로 발견되었다는 신고가 전달되었다. 그 전까지 내가 맡았던 심정지 환자들은 모두 고령에, 기저 질환을 앓고 있어서 언제 심정지가 와도 그리 놀랄 것 없는 분들이었다. 그래서 고령의 심정지 환자들에게 꽤 익숙해져 있다고 믿고 있었는데, 앞으로 꿈을 펼칠 상상만으로도 가슴이 벅찰 10대 아이, 그것도 우리 아이들보다 겨우 서너 살 많을 뿐인 아이가 제 집, 자기 방에서 심정지 상태로 발견되었다는 무전을 들었을 때, 나의 익숙함은 온데간데없이 사라져 버렸다. 사실 나는 평정심을 완전히 잃고 말았다. 미성년자의 심정지를 단 한 번도 겪어보지 못한 나의 경험 부족 때문이었다.

여기저기 깎이고 파여 울퉁불퉁한 시골길을 시속 100킬로미터로 달리면서 빨간 신호등을 세 번이나 지나쳤고, 중앙선은 몇 번을 넘었는지 모른다. 그사이 무전기에서는 당직 간부 S와 지원 인력들이 속속 현장으로 달려오고 있음을 알려왔다. 환자가 얼마나 오랫동안 그 상태로 있었는지, 환자가 정상적으로 활동하는 것을 언제 마지막으로 목격했는지 가족들에게 확인해 달라고 요청했지만 지령실 직원은 신고자가 너무 흥분하여 전화를 끊었다 다시 걸기를 여러 차례 반복하는 중이라고 했다. 심정지 환자의 나이가 16세 미만인 경우 현장에서 심폐 소생술을 중단할 수 없으며 명백한 사망이 아니라면 제세동 및 심폐 소생술을 계속 실시하며 가장 가까운 병원으로 이송해야 한다는 규정이 있기 때문에 파트너 D와 나는 현장에 도착해서 각자 무엇을 어떻게 할지 미리 정했다.

"준, 너는 일단 환자 맥부터 잡아보고 심정지가 맞는지부터 확인해. 맞으면 바로 흉부 압박 시작하고 나는 제세동 패드 붙이고 삽관 준비할게."

똑똑히 알아들었고, 분명히 알았다고 대답까지 했다. 하지만 평소 수준의 긴장을 넘어선 내 머릿속은 이미 뒤죽박죽 엉키기 시작했다. 나의 긴장은 우리가 집을 못 찾을까 봐 큰길까지 나와 앰뷸런스를 향해 양팔을 미친 듯이 흔들어대던 젊은 남자를 보며 더 심해졌고, 환자 집 앞마당에 아무렇게나 널브러져 악을 쓰고 울며 발버둥 치는 여자를 보고 극에 달했다. 연락을 받고 달려온 친지들의 차로 집 앞에는 주차할 공간이 없었기 때문에 어쩔 수 없이 길 한가운데 앰뷸런스를 세워야 했다. 주차를 마친 D가 무전으로 경찰에 도로 양방향 통제를 요청하는 동안 나는 앰뷸런스에서 뛰어내렸고, 이미 긴장이 최고조에 다다른 나는 그때부터 실수를 저지르기 시작했다.

우리가 현장에서 들고 다니는 기본적인 장비의 무게를 다 합하면 대략 25킬로그램 정도다. 2인 1조로 근무하기 때문에 한 명이 모든 장비를 다 들고 다른 한 명은 빈손으로 다니는 몰상식한 경우는 거의 발생하지 않는다. 만일 모든 장비를 혼자 옮기던 직원이 다치기라도 하면 그 순간 환자 케어는 끝나기 때문이다. 그런데 내가 그 몰상식한 짓을 저지르고 말았다. 파트너 D를 뒤에 두고 아무 장비도 들지 않은 채 환자의 집 안으로 뛰어 들어가 버린 것이다. 변명이지만 먼저 들어가 환자에게 심폐 소생술이 필요할지 판단한 후 D에게 알려주려고 했다. 하지만 그럴 의도였다면 현장으로 오는 동안 내가 무엇을 어떻게 할 것이며 왜 하려는 것인지 D에게 좀 더 상세하게 밝혔어야 했다. D 입장에서 보면 좀 전까지 옆에 있던 내가 장비와 가방은 그대로 둔 채 말도 없이 사라져 버린 상황이었다. 그것은 명백한 나의 실수였고 나의 잘못이었다.

집 안으로 들어서자 현관 왼편으로는 식탁에 기댄 채 자신의 머리를 쥐어뜯으며 신경질적으로 담배를 빨아대는 중년 여자와 그 옆에서 제자리를 맴돌며 "어떻게… 어떻게 이런 일이 있을 수가 있어!"라고 외치는 중년 남자가 보였다. 현관 오른쪽으로 길게 뻗은 복도 끝에서 비명과 고함이 들렸는데 누가 일러주지 않아도 저곳이 환자가 있는 곳임을 바로 알 수 있었다. 방문을 열자 침대 위에서 중얼거리며 아이의 가슴을 누르고 있는 환자의 아빠, 그 옆에서 환자의 입에 바람을 불어 넣었다가 다시 부둥켜안고 아이 이름을 부르며 절규하는 환자의 엄마, 그리고 침대 쿠션 때문에 물결치듯 꿀렁거리는 환자가 눈에 들어왔다. 우선 환자부터 바닥으로 옮겨야 했다. 푹신한 침대 위에서 흉부 압박을 해봐야 심장에 압박이 제대로 전달되지 않기 때문이다. 내가 "심폐 소생술 그만하세요. 환자, 바닥으로 내려야 해요"라고 외쳤지만 그들에게 나의 외침은 들리지 않았다. 결국 나는 "다들 그만! 환자, 바닥으로 옮기라고!"라고 악을 쓰며 한 명씩 환자로부터 떼어놓아야 했다.

환자를 바닥에 옮길 때 환자의 목과 머리를 받치면서 비로소 환자의 얼굴을 제대로 마주 볼 수 있었는데, 아직 앳된 얼굴의 그녀는 회색빛 두 눈을 부릅뜬 채 천장을 지켜보고 있었다. 방바닥에 놓고 다시 살펴보니 시강이 이미 많이 진행되어서 팔꿈치는 위로 굽어 손이 하늘을 향해 있었고, 턱과 팔다리 역시 마른 통나무처럼 뻣뻣했으며 다리는 자주색으로 변해 있었다. 그것은 명백한 사망이었다.

나는 규정에 따라 코드 5(현장 도착 전 환자가 이미 사망한 상태)임을 무전으로 알리고 지원 인력이 아니라 경찰과 검시관을 요청했어야 했다. 그런데 잠깐 망설인 그 사이… 아, 차라리 나는 그들의 표정을 보지 말았어야 했다. 나를 바라보는 환자 부모의 표정에서 '이 세상 사람들이 다 아니라고 해도 당신만큼은 우리를 위해 뭔가 해줄 것'이라는 희망, 간절함, 이 모든 상황에 대한 혼란스러움, 무엇인가를 향한 분노가 느껴졌고, 그 면전에 대고 "환자, 사망했습니다"라는 말을 차마 할 수 없었다. 아이는 사망한 게 맞지만 그래도 방금 전까지 아이를 살려보겠노라고 심폐 소생술을 하던 부모 앞에서 끝까지 뭐라도 하는 모습을 보여주지 않으면 안 될 것 같아서 결국 나는 심폐 소생술을 이어받아 아이의 가슴을 누르고 말았다. 규정대로 하자면 나는 또 실수를 저지르고 만 것이다.

지금 돌이켜 생각해 보면 그때 환자의 부모는 자신들의 아이가 죽었다는 것을 정말 몰랐을까? 부모만큼은 포기할 수 없으니까, 부모가 그러면 안 되는 거니까 몸이 굳은 아이라도 움켜잡고 할 수 있는 모든 것, 해야 하는 모든 것을 다 했을 것이다. 하지만 그들과 달리 나는 판단을 해야 하는 입장이었다.

그때 화가 머리 끝까지 난 D가 장비가 든 각종 가방을 이고 지고 낑낑대며 방으로 들어왔다. 들어오자마자 환자의 경직 상태를 발견한 D는 '뭐야? 사망이잖아? 그런데 뭐 하고 있는 거야?'라는 표정으로 나를 쳐다봤지만 그 역시 부모들을 한 번 힐 끗 쳐다보고서는 '사망'이라는 단어를 입 밖에 내지 못했다.

그 후로는 다 예상대로 흘러가는 이야기. "환자 마지막으로 본 게 언제예요?"라고 물었지만 패닉 상태의 부모에게는 들리지 않았다. 가슴에 제세동 패드를 붙이려고 환자가 입고 있던 티셔츠를 손으로 잡아 부욱 찢었고, 삽관을 해보려고 했으나 환자의 턱은 아랫니 윗니를 벌릴 틈도 없이 꽉 조여진 상태라 시도조차 못 했다. 혹시 마약을 복용한 흔적이 있는지 방 안 곳곳을 둘러봤지만 그곳은 별다를 것 없는, 너무나 평범한 그 나이 또래 여자아이의 방이었다.

그사이 당직 간부 S가 도착했고 그에게 대략의 상황과 조치 사항을 보고했다. 이를 확인한 S는 부모들에게 우리가 발견한 것, 조치한 것, 그리고 그 결과를 설명했다. 심전도 모니터는 처음 패드를 붙였을 때부터 일관되게 일직선을 쭉 긋고 있었다. 이제 정말 선택을 해야 할 시간이 됐다. 결국 S는 이 말을 하려고 앞서 장황하게 중언부언을 했던 것이다.

"심폐 소생술을 중단해야 할 것 같습니다."

부모의 동의를 얻은 S는 거점 병원base hospital의 당직 의사에게 환자가 명백한 사망이므로 심폐 소생술을 중단하겠다고 했고, 즉시 승인되었다. 공식적으로 이 어린 환자의 삶은 짧은 전화 한 통으로 마감되었다. 환자를 덮어줄 얇은 시트를 찾는 사이 S가 현장실습 중인 학생들을 데려다 여전히 하늘로 뻗은 채 굳어 있는 환자의 손목에 맥박을 잡게 했다. 그리고 환자의 턱을 당겨 시강이 얼마나 진행되었는지도 직접 확인하게 했다. 쭈뼛쭈뼛 내미는 학생들의 손이 파르르 떨리고 있었다.

방 밖으로 나오자 지원 인력으로 달려온 동료들이 환자의 가족을 한 명씩 맡아서 살피고 있었다. 충격으로 인해 발생할 수 있는 만일의 사태에 대비하려는 것이었다. 땀으로 흠뻑 젖은 내가 지나가니 다들 말없이 어깨를 두들겨 주었다. 하지만 파트너 D는 여전히 나에게 화가 나 있었다. 내 실수가 아니었다면 무거운 장비들을 혼자 떠안고 올 필요도, 안 해도 되었을 심폐소생술에 열을 올릴 필요도 없었기 때문이다.

실수에서 배우면 실력이 될 것이다. 한 번도 경험하지 못한 상황에 준비조차 제대로 되어 있지 않았으니 실수는 어쩌면 당연했을지도 모른다. 하지만 이런 경우를 접할 때마다 스스로를 다독이고 다스리는 법을 배우다 보면 언젠가는 어떤 상황에서도 평정심을 유지하며 실수도 줄일 수 있으리라 생각했다. 실력은 바로 그렇게 쌓이는 것이라고 믿었다. 그리고 나의 좋은 친구이자 동료인 C가 그 좋은 본보기라고 생각했다.

하지만 그가 겪었던 상황을 전해 듣고 그만 생각이 복잡해졌다. 그가 출동한 현장에는 코카인에 취한 산모와 그녀가 임신 7개월 차에 낳은 조산아가 바닥에 널브러져 있었다. 산모는 의식을 잃었지만 숨은 쉬고 있었고, 아기는 숨을 쉬지 않았다. 그래서 C는 이제 막 태어난 조산아를 살리기 위해 그의 작디 작은 가슴을 눌러야 했다. 방바닥은 주삿바늘로 가득해서 숨을 쉬지 않는 아기를 잠시 내려놓을 곳조차 없었다고 했다. 아기는 결국 사망했고 엄마는 살아남았다. C는 그 두 환자를 살피는 데 있어서 어떤 실수도 저지르지 않았지만 사실 속으로는 몹시 흥분한 상태였다고 한참이 지난 후에야 읊조리듯 말했다. 그리고 그는 이 일을 계기로 파라메딕을 그만두었다. 자신은 이미 예전과 다른 사람이 되었다며, 자신이 더 변하기 전에 여기서 이 일을 멈추고 싶다고 했다. 돌발 상황에 늘 잘 대처했고 어지간해서는 평정심을 잃지 않으며 자잘한 실수조차 저지르지 않던 C였지만, 아무도 떠나는 그를 막을 수 없었다.

나는 지금 훌륭한 파라메딕으로서 그가 가졌던 평안함과 침착함을 얻고자 애쓰는 중이다. 하지만 그것을 위해 치러야 하는 대가에 대해 생각하지 않을 수 없다. 실력 있는 파라메딕이 되기 위한 대가가 그저 내 시간과 노력에서 그칠 것인지 아니면 C처럼 나의 내면까지 바꿔야 하는 것일지 지금으로서는 알 수 없다. 실수와 실력의 차이는 생각보다 훨씬 크고, 쉽게 채울 수 없으며 그 사이에는 함부로 형용하지 못할 크고 무거운 무언가가 있음을 어렴풋이 짐작할 뿐이다. 그리고 근무 중 내가 허둥대거나 동료가 흥분하여 실수를 저지를 때마다 우리는 지금 실수와 실력 사이 어딘가를 지나고 있겠구나 생각한다. 가끔은 짙은 안개 속을 더듬어가며 엉금엉금 기어가는 듯한 기분이 들 때도 있는데, C처럼 돌아오는 길을 잃어버릴 정도로 너무 먼 곳에 닿기 전에, 그러니까 나의 마음에 지워지지 않는 상처가 생기기 전에 한숨과 눈물 없이 일상을 누릴 수 있던 때로 돌아올 수 있으면 좋겠다.

보잘것없는 우연이 죽음과 벌이는 경주

"아…." 나와 파트너 M은 현장에 발을 들여놓자마자 눈앞에 펼쳐진 모습에 탄식을 내뱉고 말았다. 자전거 타는 자세로 굳어버린 남자의 손가락 사이에는 타다 남은 코카인 파이프가 끼워져 있었고 그의 열여섯 살 된 딸은 911 지령실이 지시한 대로 아빠의 가슴을 누르고 있었다. 하지만 이미 통나무처럼 딱딱해진 제 아빠의 몸, 부릅뜬 회색 눈, 한때는 저만 바라보고, 자신의 모습으로 가득 찼을 그 눈을 보며 그 여자아이는 무슨 생각을 했을까? 2년 전 죽었다는 제 엄마가 생각났을까? 아니면 뒤에서 겁에 질린 채 울고 있던 제 동생들이 차라리 부러웠을까?

가족의 멈춘 심장을 다시 뛰게 하려고 가슴을 눌러대는 살아남은 가족의 몸부림은 언제 보아도 안타깝고 슬프다. 지금처럼 열여섯 살 딸이 아빠에게, 아빠가 열아홉 살 딸에게, 아내가 남편에게, 남편이 아내에게, 아버지가 아들에게, 아들이 아버지에게…. 가족이라는 이름으로 생명을 나눈 사람들이 그 나누어 가진 생명의 한쪽 끝을 놓지 않으려고 서툴게 몸부림치는 모습은 전문 교육을 받은 의료진들이 죽음과 벌이는 사투보다 더 절박했고, 더 애처로우면서도 쓸쓸했다.

아빠라는 남자는 더 볼 것도 없이 사망이 확실했다. 우리는 우선 아이를 사망한 아빠로부터 떼어놓았고, 겁에 질린 채 울고 있던 동생들 역시 안정을 취할 수 있는 공간으로 옮겨야 했다. 아이들의 상태, 특히 아빠의 시신을 직접 만져야 했던 그 여자아이가 받았을 충격을 생각하지 않을 수 없었다. 하지만 오래된 교회 건물의 지하 한구석에 판자를 얼기설기 세워 만든 방, 옷장 대신 커다란 쓰레기용 비닐봉지에 옷을 보관하고, 가구라고 해봐야 찢어지고 검게 때 탄 매트리스가 전부인, 그나마도 그 위에서 아빠가 죽어 누워 있는 그곳에 아이들이 안정을 찾을 만한 공간은 없었다. 그래서 일단 그 아이와 동생들을 우리 앰뷸런스로 옮겼다.

"놀라고 무서웠을 텐데…. 이제부터는 우리가 아빠를 돌봐드릴게. 정말 힘든 일을 아주 잘했어. 정말이야, 넌 할 수 있는 걸 다 했어. 너는 정말 현명하고 용감한 아이야. 어른이라도 아빠를 위해 이렇게 할 수 있는 사람은 많지 않을 거야…"

그 여자아이는 우리가 한 말을 잘 이해했는지 알 수 없는 표정을 짓고 있었다. 사회복지사가 아이들을 데리고 현장을 떠나기 전에, 우리가 너희를 위해 기도하겠다고 한 번 더 말해주었어야 했는데 그러지 못했다. 나도, 파트너 M도 그 아이에게 아빠의 시신을 잘 돌보겠다고 말은 했지만, 우리가 한 것은 그의 차갑고 굳은 몸 위에 흰색 침대 시트를 하나 덮어준 게 전부였다. 그것 말고는 사실 해줄 게 없었다. 설사 있었다 하더라도 떠올리지 못했을 것이다. 예고 없이 한꺼번에 들이닥친 참담함과 무력함에 우리 둘 역시 넋이 나간 탓이다.

심정지로 쓰러진 환자를 처음 발견한 사람이 환자의 가족, 특히 미성년자일 경우 환자의 소생만큼이나 아이가 받았을 충격에 마음을 쓰지 않을 수 없다. 이전엔 한 번도 그런 모습을 본 적 없을 것이고, 나중에 그 순간을 돌아봤을 때 자신이 제대로 대처하지 못해 가족이 죽었다고 자책할 수도 있기 때문이다. 그래서 모든 심정지 환자를 살리고 싶은 마음은 한결같지만 아이가 최초 발견자인 경우 아이를 위해서라도 모든 방법을 다해, 그것이 우연이 되었건 기적이 되었건, 환자를 반드시 살려내겠다는 마음은 더 간절해진다.

또 다른 날, 30대 여자가 자신의 아파트 화장실에서 의식을 잃은 채 발견되었다. 그녀는 장애가 있는 남편과 함께 아이

셋을 키우는 엄마였다. 퇴근 후 집에 오자마자 욕실에 들어갔던 그녀는 한참이 지난 후 그녀의 첫째 아이에 의해 발견되었지만 911 신고는 아이 아빠가 돌아온 후에야 이뤄졌다. 신고를 받고 곧바로 현장으로 달려갔지만 환자의 얼굴은 너무나 창백했고, 그녀가 얼마나 오랫동안 그 상태로 있었는지 정확히 아는 사람은 아무도 없었다.

맥박은 느껴지지 않았다. 제발 뭐라도 해달라고 매달리는 남편의 요청이 아니더라도 심폐 소생술을 해야 했는데 환자의 머리는 변기와 욕조 사이에 끼어 있고, 몸은 욕조 바깥 벽에 비스듬히 기댄 상태였다. 심폐 소생술은 마르고 딱딱한 바닥에 환자를 똑바로 눕힌 후에 해야 한다. 그래야 가슴을 정확하고 강하게 눌러 심장을 압박할 수 있는데 그런 장소와 자세에서는 그게 불가능했다. 그래서 환자를 더 넓은 장소로 옮겨야 했지만 파트너와 내가 둘이서 들거나 끌어서 옮기는 것이 불가능할 만큼 그녀는 거구였다. 변기를 깨서 환자를 옮길까 생각해 봤지만 그러면 화장실 바닥이 금방 물바다가 되고 전기를 사용하는 제세동을 제대로 할 수 없을 것이 분명했다. 무엇보다 그런 것들을 하느라 심폐 소생술을 미룰 시간이 없었다. 그래서 여전히 '각'은 나오지 않았지만 그 상태 그대로 환자의 가슴을 누를 수밖에 없었다.

그렇게 어정쩡한 자세에서 환자의 가슴을 누르는 동안 아이들의 울음소리는 메아리처럼 집 안 전체에 울려 퍼지고 있었다. 아이들로서는 무슨 일이 일어나고 있는지 정확히 알 수 없었겠지만 늘 다정하게 웃어주던 엄마가 화장실 바닥에 이상한 자세로 누워서 대답도 하지 않고 있으니 아무리 어린아이라도 엄마에게 큰일이 생겼음은 쉽게 눈치챘을 것이다. 엄마가 세상의 전부인 나이, 당연히 겁나고 무서웠을 것이다. 그래서 울음이 터져 나왔을 것이다. 그래서 무슨 수를 써서라도 이 환자를 꼭 살려내서 짠! 하고 아이들에게 돌려주고 싶었다. 하지만 심폐 소생술과 심장 제세동을 수없이 반복했음에도 불구하고 그런 기적은 찾아오지 않았다. 결국 그녀는 자기 집 화장실 바닥에 비스듬히 누운 채 사망했고, 나는 환자를 살려보겠다는 의지를 누구에게도 발설하지 않고 속으로만 간직했음을 다행으로 여겼다. 아이들은 여전히 엄마를 부르며 울고 있었는데 그 울음소리가 왠지 나를 꾸짖는 소리처럼 들려서 한시라도 빨리 그곳을 벗어나고 싶었다.

그날 이후 나에게는 약간의 변화가 생겼다. 지령실에서 알려주는 심정지 환자의 나이와 성별이 앞서 그렇게 사망한 두 환자와 비슷할 때면 머릿속에 그들의 모습이 자동으로 떠올랐다. 더러운 매트리스 위에서 소녀가 이미 숨이 멎은 아빠의 가슴을 누르던 그 지하실은 무대가 되고, 화장실 변기와 욕조 사이에 끼인 채 죽은 엄마를 찾는 아이들 울음소리는 배경 음악이 되어, 한 편의 뮤지컬 공연처럼 머리에 자동 재생되는 것이다. 의식적으로 생각하지 않으려고 애를 써봤지만 오히려 그럴수록 '심정지'라는 단어는 나에게 조건반사를 일으키는 종소리가 되어 그 소름 끼치는 공연을 제멋대로 펼치곤 했다.

이게 다 심장이라는 녀석이 일으킨 문제 때문이다. 이 녀석은 단 한 순간도 쉬지 않고 펌프질을 한다. 몸이 만들어낸 미세한 전류가 일정하게 심장근육을 자극하고, 심장은 그 자극에 따라 수축과 이완을 반복하는데, 여기에 충분한 산소가 공급되어야 심장은 쉬지 않고 뛸 수 있다. 하지만 전류와 산소의 공급, 이 중 어느 하나라도 이상이 발생하면 심장은 멈추거나 정상적으로 움직이지 못하게 된다. 그때 심폐 소생술로 심장이 있는 곳을 누름으로써 환자의 몸에 남은 산소를 피를 통해 뇌로 보내야 하고, 제세동기를 이용하여 전류의 흐름을 리셋해 줘야 한다. 그러지 않으면 6~7분 안에 뇌사가 시작되고 환자는 사망하게 된다.

그리고 이 모든 것은 시간과의 싸움이며 동시에 우연과 기적이 도와주지 않으면 일어날 수 없는 일이다. 하지만 안타깝게도 그 우연과 기적은 내 앞에 쉽게 모습을 드러내지 않았다. 딱 하루, 그날을 제외하고 말이다.

커피 전문점을 걸어 나오던 환자가 쓰러지는 모습을 전기회사 직원들이 목격한 시각은 오전 7시 48분. 감전 사고에 노출

되어 있는 직업 특성상 그들은 자동 제세동기AED를 항상 지니고 다녔다. 그들이 제세동기를 가져와 패드를 환자 가슴에 붙이고 심장 움직임을 분석했던 것이 7시 49분. 심정지가 온 지 1분 만에 심장 움직임을 분석하는 기적 같은 일이 벌어졌다. (이것이 얼마나 빠른 시간이었는지는 자신의 집, 직장, 학교에서 가장 가까운 제세동기가 어디 있는지 떠올려보면 쉽게 알 수 있다. 그리고 다 떠나서 평소 제세동기를 들고 다니는 사람이 주변에 과연 몇이나 될까?)

심장 분석 결과는 'no shock advised', 다시 말해 현재 심장 움직임이 전기충격을 주더라도 정상 리듬으로 회복되기 힘든 상태였다. 사실 제세동기가 심장 움직임을 분석하는 시간을 뺀 나머지 시간에는 누군가 심폐 소생술을 시작해야 했지만 쓰러진 환자를 두고 당황한 나머지 아무도 선뜻 나서지 못했다. 기적은 거기서 멈추는 듯했다. 하지만 그사이 누군가 커피 전문점에 때마침 와 있던 경찰관들에게 달려가 도움을 청했다. 평소에는 그 근처에 있는 모습을 못 봤던 경찰관들이 그날 그 시간, 바로 그 장소에 있었다는 것은 대단한 우연이었다. 그들이 환자에게 달려가 심폐 소생술을 시작한 시간은 전력 회사 직원들이 제세동기로 심장 움직임을 분석한 직후인 7시 50분쯤. 우연은 멈출 것 같던 발걸음을 다시 옮기기 시작했다.

또 그사이 누군가는 911에 신고를 했다. 덕분에 그날 그 시간에 그 커피 전문점에서 겨우 두 블록 떨어진 곳에 있었던 우리가 출동과 동시에 현장에 도착할 수 있었다. 평소 같았으면 15분 떨어진 글래스고에서 출동 대기를 하고 있거나 40분 떨어진 오타와 시내의 병원으로 환자를 옮기고 있을 시간이었다. 덕분에 우리가 현장에 도착한 시간은 최초 심폐 소생술이 시작된 때부터 약 2분 정도가 지난 7시 52분이었다.

"어휴…." 하지만 나는 환자를 보자마자 얕은 한숨과 함께 고개를 갸우뚱할 수밖에 없었다. 이미 얼굴색이 퍼렇다 못해 보라색에 가까웠기 때문이다. 환자는 쓰러지면서 입술이 터져 입 주위가 피범벅이었고, 넘어지면서 부러진 이 몇 개가 입 안에 가득 찬 음식물과 함께 섞여 있었다. 기도 확보를 위해 석션을 부탁하려고 파트너 R을 찾았으나 그녀는 어디에 있는지 보이지 않았다. 하는 수 없이 환자 입 안에 손가락을 집어넣어 음식물과 틀니를 뺐지만 혀가 가로막고 있어 제대로 기도를 확보할 수 없었다. 지쳐가는 경찰관으로부터 심폐 소생술을 넘겨받아 내가 환자의 가슴을 누르기 시작했다. 나 대신 파트너 R이 석션을 해주고 기도를 확보해 주면 좋으련만…. 하지만 그때 R은 들것에 시트를 깔고 있었다. '지금 시트 깔 타이밍이 아닌데.' 그날, 나와 파트너 R은 여러모로 손발이 잘 맞지 않았다.

환자의 가슴을 계속 누르면서 주위에 모여든 사람들에게 외치듯 물었다.

"환자 쓰러진 것 보신 분 계세요?"

"누구 이 환자 아시는 분 계세요?"

환자의 가슴을 눌러대며 묻는 나의 질문에 전기회사 직원 한 명이 나와서 자신이 직접 환자가 쓰러지는 장면을 목격했고 곧바로 제세동기로 심장 분석을 했다고 말했다. 이로써 환자가 심정지로 쓰러지는 모습을 누군가가 목격한 경우 의사로부터 사망 판정을 받을 때까지 이미 시작된 심폐 소생술을 종료할 수 없다는 온타리오주 동부 지역의 응급 현장 규정에 따라 현장에서 심폐 소생술 종료TOR: Termination of Resuscitation를 할 수 없게 되었다. 다시 말해, 이 환자를 무조건 병원까지 싣고 가야 하는 상황이 된 것이다. 그런데 파트너 R은 그사이 또 어디로 사라지고 없었다. 이렇게 손이 필요한 순간에…. 짜증이 났다. '맥박 확인도 내가, 흉부 압박도 내가, 삽관도 내가, 인공호흡도 내가…. 도대체 너는 필요할 때 어디 있는 거니?'

이어서 심장 분석을 두 번 더해서 총 네 번을 했다. 네 번 모두 no shock advised였다. 이제 현장에서 할 수 있는 건 다 했다. "이제 갑시다!" 주변 사람들의 도움으로 환자를 들어 옮기고 이송 중에 흉부 압박을 할 경찰관 한 명을 같이 태운 후 병원으로 날아갔다.

평소에는 조용한 시골 병원 응급실 문이 열리자 그 안은 이미 간호사들과 의사들, 그리고 각 분야를 담당하는 의료진들로 장사진을 이루고 있었다. 렌프루에서 달려온 그날 당직 간부

J의 모습도 보였다. 우리와 함께 온 경찰관은 계속 들것에 올라 탄 채 흉부 압박 중이었고, 나는 환자 머리맡에 서서 인공호흡을 하며 그곳에 모인 의료진이 다 들을 수 있도록 큰 소리로 브리핑을 했다.

"70대로 추정되는 남자 환자. 오전 7시 48분 쓰러지는 장면이 옆에 있던 행인에 의해 목격되었고, 현장에서 바로 심폐소생술 시행되었으며, 네 번의 심장 분석 결과 모두 no shock advised여서 현재까지 심폐 소생 중입니다. 현재 전기 신호는 잡히지만 심장은 움직이지 않는 상태로, 산소 15리터를 주입하면서 계속 인공호흡 중입니다. 병력, 복용 약, 알레르기 파악되지 않았습니다."

환자를 옮기자마자 간호사들이 흉부 압박과 인공호흡을 넘겨받았고 환자의 몸은 주사액과 모니터들이 치렁치렁 뻗어낸 줄들과 다시 연결되었다. 여러 번의 제세동과 흉부 압박 끝에 환자 고환 옆에 손을 찔러 넣어 맥박을 잡던 당직 J와 경동맥을 잡아보던 의사 S가 거의 동시에 말했다.

"맥박 잡았어."

그 말을 듣고 내 뒤에 있던 모니터를 돌아보니 언제 그런 야단법석이 있었냐는 듯 심전도가 얌전한 정상 리듬을 그려내고 있었다. 환자의 심장이 다시 뛰기 시작한 것이다.

그날 저녁, 밤 근무조와 교대를 하면서 "오늘 근무 어땠어?"라고 묻는 말에 그저 "심정지 환자 하나 있었는데 다시 심장이 뛰었어"라는 말로 간추리고 말았다. 그토록 바라던 우연과 기적이 찾아와 환자의 심장이 다시 뛰게 되었지만 나는 다른 때만큼 기쁘지 않았고, 오히려 좀 허탈하기까지 했다. 앞서 말한 두 명의 사망한 환자들과 그 아이들에게는 오늘 이 환자에게 일어난 것 같은 우연이 단 한 번도 찾아오지 않았다. 왜 오늘 이 환자에게만 특별히 몇 겹의 우연과 기적이 찾아온 것일까? 아이들이 그렇게나 목 놓아 울어댔지만 신은 자신이 갖고 있는 것을 베풀지 않았다. 오늘 환자의 심장이 다시 뛰는 것을 확인하고 응급실 문을 나서는데 어디선가 희미하게라도 아이들 울음소리가 들리면 좋겠다는 생각이 들었다. 그래서 아이들이 우는 것과 이런 우연은 아무 상관이 없는 것이며, 그 둘을 억지로 연관 지으면 안 된다는 것을 확인할 수 있다면 차라리 다행이다 싶었다. 그렇게 해서라도 내가 틀렸음을 확인할 수 있다면 '심정지'라는 단어가 주문이 되어 내 머릿속에서 제멋대로 재생되는 그 무자비한 공연이 비로소 막을 내릴 수 있을 것 같았기 때문이다.

알릴 수 없는 소식

　　혹시라도 가족들과 함께 보내는, 매일 쳇바퀴 돌듯 반복되는 일상이 가끔 지루하게 느껴질 때가 있는지? 그렇다면 당신 일상 중 어떤 하루는 눈앞에서 가족이 사고를 당하는 모습, 심지어 그 가족의 목숨이 끊어지는 모습을 그저 지켜볼 수밖에 없는 날이 될 수도 있음을 기억하기 바란다. 그러면 당신이 느끼는 그 지루함에 오히려 감사하게 될 것이다.

　사고라는 놈은 언제나 옆에 있을 것 같던 가족의 존재를 한순간 지워버리는 일을 아주 손쉽게 해치워 버리는데, 그보다 더 무서운 것은 살아남은 이들에게 가해지는 잔인함이다. 사고는 내 부모 형제가 혹은 내 아내가, 심지어 내 아이들이 우리 삶에서 지워지는 그 참혹한 순간을 두 눈으로 직접 목격하게 할 만큼 무자비하고, 그 기억을 남은 평생 동안 지니고 살게 할 만큼 모질다. 때로는 사고 현장에서 살아남은 이들에게 그들 가족 중 한 명이 사망했음을 알려야 할 때가 있는데, 그게 불가능한 상황도 있다. 바로 살아남은 가족이 미성년자인 경우이다. 그럴 때는 단순히 "사망했습니다"라는 문장을 기계적으로 읊고 간단히 돌아설 수 없기 때문이다. 특히 그들이 죽음이 무엇인지 모를 만큼 어릴 경우에는 더욱 그렇다.

길을 따라 쭉 뻗은 도랑은 유난히 그곳만 깊었다. 환자가 몰던 픽업트럭은 바로 거기에 처박혀 있었다. 우리와 거의 동시에 현장에 도착한 경찰관 J가 사고 차량을 향해 조심스럽게 내려가는 것을 보았고, 나는 안전 헬멧과 야광 조끼를 챙겨 입느라 그녀와 같이 내려가지 못했다. 길 위에서 내려다봤을 때 사고 차량의 운전석과 조수석은 크게 부서져 있었다. 멀쩡한 곳은 픽업트럭의 뒷좌석뿐이었다. '저 안에 아직 사람이 있으면 좀 힘들겠는데?' 하는 생각이 들었지만 그보다 더 심한 사고에서도 사람이 두 발로 걸어 나오는 것을 본 적이 있기 때문에 섣부른 판단은 직접 보기 전까지 하지 않기로 했다.

비탈을 내려가면서 사고 차량을 더 가까이에서 볼 수 있게 되자 비로소 몇 가지가 눈에 들어왔다. 하나는 주저앉은 차 지붕과 차창 사이에 끼인 운전자의 팔이었다. 그 팔은 중간이 부러진 채 툭 꺾여서 아랫부분이 땅을 향해 축 늘어져 있었다. 또 하나는 차 지붕과 앞 유리창 사이에 흩어진 운전자의 갈색 머리카락이었고, 마지막은 사고 차량 옆 웅덩이에서 발을 구르며 노는 두 명의 여자아이였다.

운전자의 상태를 확인하기 위해 사고 차량의 보닛 쪽으로 다가가려 할 때 나보다 먼저 내려왔던 경찰관 J는 이미 그 위에 올라가 있었다. 그녀는 운전자 쪽을 내려다보며 "오지 마. 죽었어. 안 보는 게 좋아"라고 하며 내가 다가가는 것을 막았다. 하지만 나는 이미 차량 쪽으로 몇 걸음을 더 내디딘 후였고 결국 V자로 내려앉은 차량 지붕이 운전자의 머리와 목을 누르고 있는 광경을 보고 말았다. 내가 보지 못한 환자의 나머지 부분은 더 심하다는 뜻이겠지…. 운전자의 부러진 팔뚝을 잡아 들고 손목에 맥박이 뛰는지 확인해 봤지만 아무것도 느껴지지 않았다. 경찰관 J의 눈빛이 흔들리고 있었다.

"저기… 애들부터 얼른 살펴봐 주겠어? 나는 검시관 부를게."

그렇지 않아도 이미 파트너 M이 다섯 살 정도 되어 보이는 두 자매를 불러 모아 여기저기 살피던 중이었다.

일단 아이들은 외관상 다친 곳은 없었다. 다행히 두 아이 모두 숨 잘 쉬고, 팔다리 잘 움직이고, 혈색 좋고, 눈빛 좋고, 몸이 처지거나 흐리멍덩한 기색이 없었다. 일단 병원으로 데리고 가면서 꼼꼼히 체크해 보기로 했다. 파트너 M과 나는 그 아이들이 사망한 운전자의 아이들이라는 것을 바로 알아차릴 수 있었고, 그래서 아이들이 무엇을 얼마나 기억하고 있을지 두려운 마음으로 물어보았다. 차라리 자느라 아무 기억이 나지 않는다고 말해줬다면 더 좋았겠지만 아이들은 모든 것을 똑똑히 기억하고 있었다. 큰 소리가 나면서 차가 흔들리다가 멈췄고, "잠든" 엄마를 부르고 흔들었지만 엄마가 일어나지 않아서 동생과 함께 물장구를 치며 엄마가 깰 때까지 기다리는 중이라고 했다. 아이가 조곤조곤 말하는 것을 들으며 나와 M은 가슴이 터질 것 같았는데, 자칫 한숨이라도 크게 쉬면 아이들이 눈치를 챌까 숨조차 조용히 내뱉어야 했다.

손과 눈으로는 아이들 한 명씩 머리부터 발까지 차근차근 살피면서도 마음속으로는 아이들이 엄마에 대해 물으면 뭐라고 답해야 할지 몰라 애가 탔다. 다시 살펴본 아이들은 털끝 하나 다치지 않았다. 뒷좌석에 설치한 카시트가 아이들을 잘 감싼 덕분에 일어난 기적이었다. 그래도 혹시 몰라서 머리와 목을 고정하도록 경추보호대를 씌웠다. 이제 아이들의 마음까지 다치지 않게 지켜줄 차례였는데 정작 마음이 아프기 시작한 건 나였다. 외상 흔적을 살피기 위해 들어 올린 아이들의 머리카락은 곱게 땋여 있었다. 아마도 제 엄마의 솜씨였겠지만 이제 그녀의 손길이 이 아이들에게 닿을 일은 두 번 다시 없을 것이다. 그러다 아까 사망한 엄마의 맥박을 확인하느라 그녀의 손목을 잡았던 기억이 났고, 잠깐 멈칫했던 것도 같은데 내 손을 아이들의 머리, 뺨, 그리고 손에 살포시 얹어주었다. 부질없는 짓인 줄 알지만 그렇게 해서라도 아이들에게 제 엄마의 마지막 손길을 전해주고 싶었다. 불행인지 다행인지 아이들은 파트너 M이 의료용 장갑으로 만든 풍선과 어린이 환자들을 위해 앰뷸런스에 비치해 둔 인형에 더 관심이 있어 보였다.

그 사고가 있고 난 뒤 눈앞에서 가족의 사망을 목격하는 사고가 또 한 건 발생했다. 그 사고를 겪은 후, 누군가 아이들에게 자신들의 엄마가 한 번도 본 적 없는 어떤 한국인 파라메딕의 손길을 빌려 너희들을 마지막으로 한 번 어루만지고 떠났음을 알려줄 수 있다면 좋겠다는 생각이 들었다. 왜냐하면 불과 며칠 후 있었던 또 다른 사고에서 가족을 잃은 다른 누군가는 그런 기회조차 갖지 못했기 때문이다.

열여섯 살 여자아이가 물에 빠져 허우적거리다 가라앉았고, 다시 떠 올랐다가 물속으로 가라앉은 후로는 결국 다시 물 위로 떠 오르지 못했다. 그녀와 함께 물놀이를 온 가족들, 특히 마지막까지 함께 있었던 그녀의 오빠는 뭍에서 자신의 여동생이 물속으로 사라지는 모든 과정을 다 지켜보다가 과호흡으로 인해 의식을 잃고 말았다. 그는 깨어나자마자 절규하며 동생이 빠진 강물 속으로 뛰어들었고, 경찰관들이 태클을 하듯 넘어뜨려서 겨우 모래사장으로 끌고 나오면 그 자리에 주저앉아 동생을 부르며 울다가 다시 과호흡에 빠지는 일을 반복했다.

경찰이 현장 주변에서 사진을 찍어대는 사람들을 쫓아내고 노란색 접근 금지 테이프를 치고 나서야 구조 작업은 본격적으로 진행되었다. 하지만 강 어디에서도 그 소녀의 흔적을 찾을 수 없었다. 그날따라 주립공원 강의 물살은 제법 빨라서 작은 체구의 소녀는 금방 휩쓸려 떠내려갔을 가능성이 높아 보였다.

오후 6시 30분경부터 시작된 구조 작업은 해가 지고 어두워지면서 점점 더디어졌다. 우리는 소방대가 실종자를 찾을 경우 구명보트가 뭍에 닿기로 한 지점에 필요한 모든 장비를 펼쳐 놓고 대기했지만, 아직 환자가 인계되지 않았으니 현장에서 우리가 할 일은 사실 없었다. 그보다 나는 실종된 소녀의 오빠가 더 신경 쓰였다. 그의 과호흡이 도대체 진정될 기미가 보이지 않았기 때문이다. 그건 과호흡이라기보다 극도의 절망, 분노, 자책이 담긴 포효와 몸부림에 가까웠는데 그를 미다졸람 midazolam으로 진정시킨 후에 조용히 병원으로 데리고 가자는 R과 그냥 놔둬도 과호흡으로 제풀에 의식을 잃고 쓰러질 테니까 그때 데리고 가자는 L의 의견이 서로 맞섰다. 결국 거점 병원으로부터 필요하면 현장에 있는 우리의 판단에 따라 조치하라는 사전 허가까지 얻었지만 그 누구도 미다졸람이 든 플라스틱 보관함을 선뜻 집어 들지 못했다.

숲속의 밤은 일찍 찾아왔고, 곧 하늘이 깜깜해지기 시작하자 그는 동생을 영영 찾을 수 없게 됐다는 생각 때문인지 과호흡이 다시 심해졌고 의식도 옅어졌다. 일단 그부터 병원으로 옮기려던 바로 그때 당직 간부 K가 다가오더니 운전석에 있던 나에게 조용히 말했다.

"여동생 찾았어. 이제 곧 뭍으로 데리고 나올 거야. 분명 심정지일 테니까 가서 심폐 소생술 좀 해줘. 오빠가 눈치채지 못하게 조용히 가, 알았지? 조용히⋯."

소방 측과 미리 약속된 장소로 갔을 때 모래사장에 닿은 구명보트에서 소방관들이 저체온증 환자용 덮개로 감싼 여자아이를 옮기고 있었다. 나는 흉부 압박을 하고, L은 정맥로를 잡기로 했고, R은⋯ R은 시강 여부를 살피기로 했다. 미리 펼쳐놓은 수건 위에 아이를 눕히자마자 나는 그 아이가 입고 있던 티셔츠를 찢어 바로 심폐 소생술을 시작했다. 티셔츠와 하의 수영복 말고는 아무것도 입지 않은 그 아이의 가슴을 한 네 번은 눌렀을까? 아이의 턱을 당기고 입 안으로 손가락을 넣어 턱을 열어보려던 R이 "그만해. 굳었어"라고 했다. L이 흙을 털고 일어나며 침대 시트로 그녀를 덮어준 후에 말했다.

"늦은 시간까지 소방과 경찰 여러분께서 애써주신 것에 감사드립니다. 안타깝게도 이제 저희가 할 수 있는 것은 없습니다. 이 소녀를 위해 잠깐 묵념하겠습니다."

침대 시트가 너무 커서 그랬는지 실제보다 더 작아 보이는 그 아이를 둘러싸고 소방 조명차에서 내리꽂는 불빛 아래 소방관과 경찰관, 그리고 우리가 모여 고개를 숙이고, 손을 모으고, 묵념을 했다. 그렇지, 기도. 이럴 때 기도를 해야지…. 그런데 기도를 하긴 해야 했는데, 머릿속이 텅 비어서 하느님에게 어떤 말을 해야 할지 잘 떠오르지 않았다.

앰뷸런스로 돌아와 운전석에 앉았다. 뒤를 돌아보니 그녀의 오빠는 조금 전보다 진정되어 있었다. 물으로 건져낸 그의 여동생도 무척 편해 보였다. 산소 대신 물을 폐 속으로 들이켜며 아이가 느꼈을 고통은 이제 사라진 것일까? 나는, 그녀와 닿은 내 손을 그리고 그녀의 오빠를 번갈아 바라보았다. '네가 그토록 다시 만나고 싶어 하던 네 여동생이 물 밖으로 나왔는데, 그 아이가 바로 저 앞에 있는데, 내 손이 그 아이에게 닿았는데….'

병원까지 운전하면서 아무도 모르게 좀 울려고 했지만 목이 메기만 했을 뿐 눈물이 나지는 않았다. 가슴을 누를 때마다 그녀의 입과 코에서 조금씩 스며 나오던 물이 떠올라서 그랬을까? 며칠 전 무너진 차 지붕에 짓눌린 아이들 엄마의 머리가 다시 떠올라서 그랬을까? 그저 속이 메슥거리고 가슴이 울렁거리기만 했다.

사망한 환자들과, 그들과 마지막으로 닿았던 내 손, 그리고 그들이 남기고 간 가족들을 번갈아 바라보다 감정이 북받쳐서 머릿속이 하얘졌다가 다시 별의별 생각이 휘몰아치기를 반복했지만, 결국 살아남은 가족 누구에게도 사망 사실을 알리지 않고 끝까지 입 다물고 있길 잘했다. 가족들과 한집에 살며 보내는, 때로는 지루하기도 했을 보통의 일상이 이제 종료되었음을 누구보다 그들이 더 잘 알게 될 테니, 굳이 내 입을 통해 다시 확인시켜 줄 필요는 없었다. 그저 지루하게 반복되는 일상이 오늘도 나와 내 가족에게 주어졌다는 사실에 감사하고 내일도 허락되길 바란다면, 내가 너무 이기적이라는 생각도 들었는데, 아마 전에 없이 속이 메슥거리고 가슴이 울렁인 것은 그런 나의 이기심 때문이었던 것 같다.

빛이 들지 않는 곳에서

근무가 없는 날, 책 한 권을 집어 들고 집 뒷마당 그늘에 자리를 잡았다. 그동안 읽고 싶었던 책을 읽으며 모처럼 생긴 여유를 한껏 즐겨볼 생각이었지만 사실 온전히 책에 집중할 수 없었다. 일단 그전까지 한 번도 뒷마당에서 보란 듯이 자리 잡고 쉬어본 적이 없기 때문에 내 집이었는데도 약간 어색했고, 무엇보다 '끝내지 못한 일이 많은데 이렇게 쉬어도 되나?' 하는 생각에 마음 한편이 영 편치 않았기 때문이다. 하긴 이런 생각 때문에 제대로 쉬지 못한 게 처음은 아니었다. 내 손이 닿아야 마무리되는 일들은 끊임없이 일어났고, 그 일들을 마치지 못한 채 쉬는 것은 멈추지 않고 계속 일하는 것만큼이나 어렵고 불편했다.

느닷없이 왜 휴식 이야기를 하느냐 하면, 사실 이유가 좀 엉뚱한데, 뒷마당에 앉아 올려다본 하늘이 비현실적으로 파랗고 맑았기 때문이다. '어쩜 하늘색이 저럴 수 있을까?' 문득 내가 지금 보고 있는 풍경과 내가 현장에서 본 모습들이 과연 같은 세상의 것들일까 헷갈리면서 현장과 환자 생각에 그만 사로잡혀 버렸다. 몸은 뒷마당에 앉아 새파란 하늘을 보고 있는데도 머릿속은 시뻘건 피바다 속에서 허우적대며 '그때 그 환자, 그걸 이렇게 했으면 뭐가 어떻게 달라졌을까' 하는 생각으로 가득했다. 그러다 보니 차라리 출근해서 일하는 게 더 낫겠다는 생각이 드는 지경에 이르고 말았다. 그래서 쉬는 것은 포기, 다시 일 얘기나 해본다.

처음에는 숨이 차다며 911에 전화한 환자는 신고를 접수하는 지령실 직원ACO: Ambulance Communication Officer N에게 전화를 끊지 말고 잠깐 기다려 보라고 했다. 곧바로 환자는 한 손으로 수화기를 든 채 다른 한 손으로는 턱 밑에 총구를 갖다 대고 방아쇠를 당겨버렸다.

"탕!"

그렇게 발사된 총알은 턱을 뚫고 입을 지나 상악까지 뚫어버린 후 눈 바로 밑 광대로 나왔다. 사냥용 총탄의 운동에너지는 환자의 안면 일부를 날려버릴 정도로 강력했지만 그것의 진행 방향은 매우 어정쩡해서 환자의 의도대로 그를 죽음에 이르게 하진 못했다. 마찬가지로 환자의 삶 역시 온전한 생명도, 온전한 죽음도 아닌 어정쩡한 상태가 되어버렸다.

그 신고가 전달되기 불과 10분 전까지만 해도 나와 파트너 S는 그 현장에서 몇 블록 떨어지지 않은 곳에서 이동 중이었다. 따라서 그 건은 원래 우리에게 전달되었어야 했는데 불과 몇 분 차이로 우리는 베이스로 복귀하라는 지시를 받았고 그 지령이 전달될 때쯤에는 사건이 일어난 지역을 떠나고 있었다. 따라서 신고가 접수되고 전파될 당시 현장에서 가장 가까이 있던 근무조는 우리가 아닌 B와 L이었다. 사실 B와 L은 당직 간부 D에게 제출할 서류를 대신 건네달라는 부탁을 하러 우리에게 오던 길이었는데 그게 아니었더라면 그들은 그 현장을 맡지 않아도 되었을 것이다.

그들 중 B는 그해 말 결혼을 앞둔 예비 신부였다. 속마음을 꾸밀 줄 모르는 순박한 시골 아가씨인 B와 처음 같이 일하게 되었을 때 그녀의 하늘색 눈이 너무 예뻐서 "네 눈을 보고 있으면 12시간 근무가 1초처럼 지나갈 것 같아"라고 했더니 그 후부터 그녀는 나만 보면 무척 반가워했다. 그날도 당직 간부 D에게 갖다줄 서류를 대신 전달해 달라는 B의 부탁을 받고 잠시 만났을 때 그녀는 나에게 양손으로 하트를 만들어 보이며 밝은 목소리로 "I love you, Joon!"이라고 했다. 하지만 그녀와 헤어진

지 채 20분도 지나지 않아 "삽관을 했고, 지혈을 시도했으나 계속 출혈이 진행 중"이라며 부들거리는 그녀의 목소리가 무전을 통해 들려왔다. 나는 숨을 고르느라 중간중간 끊기고 턱턱 막히는 B의 음성을 듣는 것만으로도 그녀의 하늘색 눈동자가 환자의 얼굴에서 뿜어져 나오는 핏빛을 머금은 채 마구 떨리는 장면을 쉽게 떠올릴 수 있었다.

B도 B지만 더 큰 문제는 그 전화를 받은 지령실의 N이었다. N은 환자가 총기 자살을 시도했음을 인지하자마자 즉시 경찰에 현장 상황 파악을 요청했고, 당시 현장으로부터 가장 가까운 곳에 있던 B와 L을 곧바로 출동시켰으며, 당직 간부 D에게 상황을 전파하는 등 본인이 맡은 일을 충실히, 신속히 그리고 성공적으로 수행했다. 하지만 그게 끝이 아니었다.

총알이 뚫고 지나간 것은 환자의 얼굴만이 아니었다. 그것은 모든 상황을 똑똑히, 심지어 귀 기울여 듣고 있던 N의 마음까지 갈기갈기 찢어놓았다. 신고자가 전하는 말을 그대로 듣고 있을 수밖에 없고, 어떤 상황에서도 감정을 드러낼 수 없으며, 먼저 전화를 끊을 수도 없는 911 신고 접수자에게 그것은 단순한 감정 노동의 수준을 넘어서는 가학적 폭력이었으며, 미처 피할 틈도 없이 자신의 심장에 날카로운 칼이 푸욱 꽂혀 순식간에 수백수천 번 토막 나는 난도질 같은 것이었다.

'전화 받는 일이 뭐가 힘들어?'라고 할지 모르겠지만, 그들이 겪는 스트레스와 정신적 압박은 상상을 초월한다는 것을 나는 이미 경험을 통해 알고 있었다. 사실 나는 파라메딕이 되기 전, 약 2년 정도 영어권 국가에 거주하는 한인들이 걸어오는 911 신고 전화를 통역하는 일을 했다. 영어보다 우리말이 편한 교포나 혹은 외국에 거주하는 한인들이 응급 신고 번호로 전화를 하면 한국어 통역을 요청할 수 있다. 일단 신고자와 911 신고 접수자 사이에 한국어 통역이 투입되면 그때부터 3자 통화로 신고가 접수되고 응급 상황에 대한 파악과 대응이 이루어진다. 따라서 신고자가 한국어로 외치는 말을 듣고 이해할 사람은 통역을 맡은 나밖에 없는데, 모국어로 전해지는 현장 상황과 신고자의 절규는 영어로 전해지는 것보다 귀에 더 잘 들어왔고, 가슴으로 더 절절히 느껴졌으며 그 탓에 결국에는 심한 스트레스가 되어 돌아왔다.

어느 일요일 새벽, 미국 어느 도시에서 걸려 온 911 신고 전화를 난 아직도 잊을 수 없다. 신고자는 한인 아주머니였다.

"헬로우! 헬로우! 거기 코리안 없어요? 노 코리안? 거기 아무도 없어요?"

"네, 한국어 통역입니다. 무슨 일로 911 전화 주셨어요?"

"남편… 어흐… 남편이… 화장실에서 목을… 목을 맸어요!"

"남편분 의식은 있나요?"

"…"

"제 말 들리세요? 남편께서 숨을 쉬고 계신가요?"

"아… 아, 아니… 어흐… 모르겠어요."

"우선 지금 전화 주신 지역으로 경찰차와 앰뷸런스를 보내 겠습니다. 정확한 주소를 확인해 주셔야…"

"아악!"

곧바로 수화기 너머 사람이 움직이는 소리, 물체가 떨어지 며 나는 듯한 둔탁한 소리가 들렸다. 목을 맨 남편을 바닥으로 내리며 나는 소리로 짐작했는데 그다음 헤드셋을 통해 전달된 그 소리를 아마 난 평생 잊을 수 없을 것이다. 지금도 눈을 감으 면 나는 그 소리를 들을 수 있다. "쉬익… 쉬익… 쉬익…" 아주머 니는 남편의 입에 인공호흡을 하고 있었던 것이다. 그러나 남편 의 입으로 불어 넣는 아주머니의 숨은 제대로 들어가지 못하고 있음이 분명했다. 인공호흡보다 흉부 압박을 하여 심폐 소생술 부터 하라고 말했지만 그녀는 그것을 인지하고 실행할 상태가 아니었다. "그 고생을 하고 이렇게 죽으면 나는 어떡하란 말이 야! 일어나, 제발 좀 일어나!" 그 절규를 마지막으로 전화는 끊 겼고 다시 연결되지 않았다.

이 밖에도 한인들이 걸어오는 911 신고 내용은 듣기만 해 도 가슴 졸이는 일들의 연속이었다.

"들어오지 마세요… 플리즈 돈 컴… 제발요… 들어오지 마세 요…"

"아들이 또 마약을 하고 날 때려요! 문을 부수고 들어올 것 같아요! 이번엔 정말 나 죽을지도 몰라요. 빨리 좀 와주세요!"

"여기 큰길인데… 사고… 어후 어떡해, 어떡해! 사, 사고가 났어요. 사람이 피를 흘려요!"

나는 헤드셋 너머로 전해오던 숨소리 하나, 문을 여닫는 소리까지 다 기억한다. 하물며 동포들이 또렷한 한국어 발음으로 절규하는 소리를 어찌 잊을 수 있을까? 그것을 곧바로 영어로 옮기는 일은 생각보다 힘들었다. 영어를 못해서라기보다 (물론 내 영어가 부족한 탓도 있겠지만) 헤드셋을 통해 고스란히 전해지는 절박한 음성 신호가 머릿속에서 영상 신호로 변환되는 과정을 내 의지로는 생략할 수 없었기 때문이다. 그것은 노력한다고 될 일이 아니었다.

지령실의 N도 마찬가지였을 것이다. 낮과 밤을 알 수 없도록 완벽히 햇빛을 차단한 렌프루 카운티의 911 지령실은 늘 어둡고, 기계를 보호하기 위해 켜놓은 에어컨 때문에 항상 서늘하다. N은 그 어둡고 서늘한 음지 한 귀퉁이, 여러 개의 모니터가 놓인 책상 앞에 앉아 다음에 걸려 올 911 신고 전화를 기다렸다. 하지만 그 상태로 근무를 계속할 수는 없었다. 아마 내가 그랬듯 N 역시 머릿속에 저절로 그려지는 영상들과 죄책감, 좌절감, 무력감 등으로 힘들었을 것이다. 그는 곧바로 도움을 요청했다. 현명한 판단이었다.

이런 경우를 대비하여 우리 카운티에서는 '피어 서포트 그룹Peer Support Group'이라는 것을 운영하고 있는데, 도움을 요청하는 직원이 있으면 그 직원과 가장 빨리 만날 수 있는 그룹 멤버가 제일 먼저 달려가게 되어 있다. 그날은 그룹의 멤버이자 내 파트너인 S가 N으로부터 가장 가까운 곳에 있었다. S와 한참 이야기를 나눈 N은 다시 업무에 복귀할 수 있다고 했지만 그날 지령실 당직 간부였던 C는 N을 조퇴시켰다. 집에 가서 푹 쉬라고….

부디, 제발 부디 바라건대 N은 나보다 잘 쉴 줄 아는 사람이었으면 좋겠다. 그래서, 정말 잘 쉬어서, 그의 귀로 전해진 그 총소리가, 그의 머리가 제멋대로 재생해 버린 이미지가 그에게 남아 맴돌지 않고 구름 한 점 없이 깨끗한 저 하늘처럼 말끔히 사라졌으면 좋겠다. 음지에서 일하며 양지에 있는 생명을 구하는 저들의 영혼이 더 이상 다치지 않도록.

할 수 있는 것과 할 수 없는 것

늦은 밤 열네 살 아이가 제 아빠의 차를 훔쳐 타고 동네 한 바퀴를 돌면서 자기 친구들을 하나씩 태웠다. 사이도 좋게 남녀 두 명씩 짝지어 모인 아이들은 그들만의 신나는 야간 드라이브를 즐겼을 것이고, 그 즐거운 일탈은 전봇대와의 충돌, 차량 전복으로 끝났다. 그리고 그들은 길옆 깊숙한 도랑 속으로 사라졌다.

이들을 누가 어떻게 발견하고 신고했는지는 아직까지 모르겠다. 어쨌건 911로 신고는 들어왔고 우리는 현장으로 달려갔다. 현장으로 달려가면서 내가 짚어야 할 것들을 하나씩 꼽아봤다.

얼마나 빨리 달렸을까?

안전벨트는 했을까?

밖으로 튕겨 나간 아이들이 있을까?

에어백은 터졌나?

애들이 마약을 했거나 술을 마셨을까?

앰뷸런스가 몇 대 더 필요할까?

항공 이송을 하게 되면 헬기가 내릴 곳은 있나?

그러다가 문득 괘씸한 생각이 들었다. '이제 열넷밖에 안 된 어린 녀석들이 밤에 자라는 잠은 안 자고…' 상태가 괜찮은 녀석들부터 혼내주리라 생각하며 현장에 거의 도착했을 때쯤 깜깜한 시골길 한가운데서 불길이 치솟는 것을 보았고 파트너 S와 나는 동시에 "아…" 하는 탄식을 내뱉을 수밖에 없었다. 그때였다. 지령실에서 망설이는 말투로 현장 상황을 전해왔다.

"…아이들이 아직 차 안에 있는지 확인이 안 되고 있는데… 차에 불이 붙었답니다…."

처음 무전을 통해 전달된 정보만으로 아이들이 실없는 사고를 쳤다고 섣불리 단정해 버렸다. 그리고 순진하게도 훈계 수준으로 마무리할 수 있을 줄 알았다. 하지만 그런 나를 비웃기라도 하듯 상황은 내 예상과는 완전히 다른 방향으로 진행되고 있었다. 나는 그제야 현장 상황을 파악했지만, 내 아이 또래의 아이들이 차 안에 갇혀 불타고 있는 상상에 그만 머리털이 쭈뼛 솟아오르고 온몸이 얼어버려서 입조차 달라붙은 듯했다.

교통사고가 발생하면 대부분 경찰과 소방대가 우리보다 먼저 사고 현장에 도착하는 편이다. 하지만 그날따라 현장에 제일 먼저 도착한 것은 우리였다. 이유는 모르겠으나 경찰과 소방대는 평소보다 훨씬 더 오래 걸린 듯했다. 아마 그들이 제시간에 나타나기는 했을 것이다. 다만 그 시간이 우리에게는 영겁처럼 느껴졌을 뿐이겠지.

불길은 하늘로 높이 치솟았고 제대로 눈을 뜨고 바라볼 수 없을 정도로 맹렬했다. 규정상 나와 내 파트너의 안전에 위해가 되는 요소가 있다면, 사람이건 현장이건 다가가면 안 되는데 나와 S는 누가 먼저랄 것도 없이 사고 차량에 가까이 다가가서 사람의 흔적을 찾기 시작했다.

"애들 어디 있어?"

"애들 보여?"

S와 나는 서로 답할 수 없는 질문만 공허하게 주고받았다. 저기 저, 차 안 불길 속에 어렴풋이 보이는 검은 형체가 아이들인가? 맹렬한 불길 속에서 왠지 고기 타는 냄새가 나는 것 같기도 하고…. 우리는 무력하게 멍하니 서서 바라보는 것 말고는 할 수 있는 게 없었다. 뭘 어떻게, 혹은 다르게 했더라면 좀 더 일찍 현장에 올 수 있었을까? 불에 더 가까이 다가가서 나라도

화상을 입거나 다치면 아이들에게 좀 덜 미안해질까? 그러면 나중에 내가 죽을 때 면죄부 한쪽 귀퉁이라도 잡고 빌어볼 수 있지 않을까? 쉽게 말로 표현할 수 없는 복잡한 감정과 생각들이 정신없이 내 안에서 휘몰아치고 있을 때, 지령실에서 무전이 들어왔다.

"아이들 위치 확인했습니다!"

들뜬 목소리였다.

"현재 경찰이 보호 중이고 특별한 외상 흔적은 없다고 합니다."

순간 다리에 힘이 풀려서 나뭇가지라도 잡지 않았더라면 그 자리에 주저앉을 뻔했다. 사고 차량에 맨 마지막으로 올라탔던 아이만이 사고 당시 유일하게 정신을 잃지 않았다. 그 아이 역시 부모님 몰래 조용히 나오느라 잠옷 바지 차림에 신발도 못 신었는데 그 맨발로 깨진 유리를 걷어내고 기절한 나머지 친구들을 깨워서 데리고 나왔다고 한다. 그가 아니었다면 나와 S는 아이 넷이 꼼짝없이 차에 갇혀 불타 죽어가는 과정을 고스란히 지켜봐야 했을 것이다.

그렇게 차를 빠져나온 아이들은 어른들에게 혼이 날까 두려워서 다시 마을로 돌아가다가 경찰에게 딱 걸려 전원 일망타진되었다. 아이들에겐 약간의 찰과상만 있었을 뿐, 별다른 외상 소견은 찾을 수 없었다. 혹시 모를 골절이나 다른 외상 가능성 때문에 일단 네 명 모두 병원으로 이송하긴 했지만 고마웠다. 다들 살아줘서….

크게 다친 사람은 아무도 없었다. 그냥 차만 한 대 작살났을 뿐. 아무 일도 없었다는 듯이 밤은 다시 어둠으로 돌아갔고 또다시 고요해졌다. 하지만 베이스로 돌아와 자리에 몸을 누이고 나서도, 나는 요동친 마음을 가라앉히느라 한참을 뒤척였다. 만에 하나라도 불길에 휩싸인 그 차 안에 아이들이 그대로 갇혀 있었다면, 혹은 앞으로 그런 경우를 정말 맞닥뜨리게 된다면, 나는 무엇을 어떻게 해야 하나…. 그렇게 답 대신 한숨만 나오는 생각을 계속 반복하다가 까무룩 잠이 들었다.

현장으로 가면서 늘 상상한다. 일어날 수 있는 최악의 상황을. 그 상황에서 환자를 위해 내가 할 수 있는 조치를 막힘없이 수행하도록 공부했고 훈련받았다. 하지만 실제로 마주하는 현장은 나의 빈약한 상상력으로는 감히 따라잡을 수 없는 그 이상의 상황들과, 그 이상의 사연들과, 그 이상의 주인공들로 가득하다. 사실 그럴 때 무엇을 어떻게 해야 하는지 답은 이미 나와 있다. 할 수 있는 것을 놓치지 않고 하는 것. 할 수 없는 것에는 깔끔하게 돌아서야 한다. 생각만큼 잘되는 건 아니지만 어쨌건 나는 지금 그 연습을 하는 중이다.

그로부터 며칠이 지나 인천에서 라면을 끓이다가 화상을 입은 형제의 뉴스가 전해진 바로 그날, 공교롭게도 나 역시 전신 25~30퍼센트에 걸쳐 2도와 3도 화상을 입은 열두 살 아이를 환자로 맞았다. 사고는 시골집에서 난방용으로 사용하는 실외용 난로에서 발생했다. 실외용 난로는 일반 가정용 보일러보다 몇 배는 크고 나무나 석탄을 땔감으로 불을 때서 화력도 훨씬 세다. 정확한 사고의 원인은 알 수 없지만 보일러가 활활 타오르고 있을 때 어떤 이유로 인해 몇 겹으로 된 보일러 문의 안전장치가 풀렸고, 마침 그 앞에 서 있던 아이는 보일러가 뿜어내는 엄청난 고열에 고스란히 노출되었다.

불이 직접 닿은 복부와 사타구니의 피부는 3도 화상으로 검붉게 타거나 무너져 내렸다. 2도 화상이 덮친 부분에는 벗겨진 살갗과 함께 크고 작은 물집들이 잔뜩 올라와 있었다. 인터넷에서 화상 사진을 검색해 보면 대충 어떤 외상이 나오는지 알 수 있을 것이다. 하지만 화면 너머에서 느낄 수 없는 것은 화상 환자의 살에서 올라오는 냄새다. 환자가 어린아이라면 고통에 몸부림치는 비명까지 섞여 최악의 앙상블이 만들어진다.

우리가 현장에 도착할 때까지, 환자의 엄마가 침착하게 젖은 수건으로 환자의 열을 잘 식혀놓았고 환자를 잘 다독여 주었다. 이제 우리가 화상 환자에게 해줄 수 있는 것은 체온 유지, 감염 예방, 수액 연결 딱 세 가지밖에 없었다. 손가락이 서로 붙지 않도록 열 손가락을 쫙 편 채 누워 있던 아이는 조금씩 떨기 시작했다. 빠르게 3도 화상에는 마른 드레싱을, 2도 화상에는 생리식염수로 적신 드레싱을 헐겁게 감았다. 그리고 화상 환자용 처치 상자에 들어 있는 화상용 담요로 환자를 말아서 화상센터로 날아가듯 달려갔다.

아이는 몸에 지워지지 않는 화상 자국을 안고 남은 평생을 살게 될 것이다. 나는 며칠 전 마음에 예방주사를 한 방 맞았던 터라, 할 수 있는 것에만 집중하고 할 수 없는 것에는 크게 신경 쓰지 않기로 마음을 먹었다. 대단히 미안한 말이지만 아이의 화상 흉터는 내가 할 수 있는 영역 밖에 놓여 있다. 새살이 돋아날 가능성이 얼마나 있을지는 모르겠지만 그것은 분명 그 아이가 안고 가야 하는 몫일 것이다. 내 마음에 새살이 돋아나는 것이 내 몫인 것처럼.

그저, 이 일을 하는 동안만큼은 할 수 있는 것을 제대로 하며 사는 것만으로도 잘 사는 것이라고 누가 내게 말해주었으면 좋겠다.

죽음에 무뎌져 가다

원래는 근무복을 잘 다리지 않는데 출근 시간까지 시간이 좀 남아서 영화 〈인크레더블 2〉를 보며 근무복을 다렸다. 군 복무 시절, 휴가 전날 전투복을 다릴 때처럼 바지에 다림줄도 잡고 짧은 반팔의 근무복 상의에도 줄을 잡았다. 슈퍼 히어로들과 악당들이 펼치는 한판 대결을 보며 '아이고, 저 동네 파라메딕들은 바빠서 어쩌나…' 하는 생각이 들었지만 그것은 영화 속 이야기일 뿐, 오늘 밤 나의 근무는 평온하리라 기대하며 깔끔하게 다려진 근무복을 입고 집을 나섰다.

오늘 근무는 전체 인구가 1만 명도 되지 않는 작은 마을 안프라이어Arnprior에서 저녁 7시부터 그다음 날 아침 7시까지 하는 밤 근무. 게다가 오늘은 토요일이다. 대개 토요일 밤 안프라이어는 조용했다. 어디 내밀기 민망할 정도로 짧은 경력이지만 현재까지 내 경험으로는 그랬다. 그 때문에 바지에 잡은 다림줄이 흐트러지지 않고 다음 날까지 유지될 거라고 생각했지만, 그 기대는 근무 시작 채 한 시간도 지나지 않아 산산이 깨져버렸다.

환자가 정말 위급할 때는 환자의 가족이나 주변 사람들이 큰길까지 나와 앰뷸런스를 기다리는 경우가 많다. 혹시나 앰뷸런스가 그냥 지나칠까 봐 양팔을 크게 휘두르거나 불을 환하게 켜놓기도 한다. 이번 출동도 그랬다. 환자의 가족으로 보이는 여자가 눈물범벅이 된 채 집 앞 큰길까지 나와 있었다. 몇 가지 질문을 던졌지만 그녀는 "아빠 얼굴이 퍼렇게 됐어요. 숨을 쉬지 않아요. 도와주세요!"라는 말만 계속 반복할 뿐이었다.

환자는 화장실에서 대변을 보다 앞으로 쓰러지며 머리를 욕조에 찧은 듯했고, 우리가 도착했을 때는 화장실 바닥에 얼굴을 파묻은 채 엎드려 있었다. 그의 주변에는 엉덩이에서 쏟아져 나온 누런 대변과 입에서 쏟아진 갈색 토사물, 그리고 머리에서 쏟아진 붉은 피가 마치 초등학교 미술 시간에 배웠던 데칼코마니처럼 어우러져 있었다. 무엇보다 환자의 얼굴은 자줏빛을 띠고 있었다.

파트너 A와 내가 각종 장비와 가방을 들고 이리저리 움직이기에 환자가 쓰러져 있는 그 화장실은 너무나 비좁았다. 그렇다고 역시나 비좁고 긴 복도를 따라 육중한 환자를 거실까지 옮길 여유는 없었다. 우선 목에 있는 경동맥부터 짚어봤지만 아무것도 느껴지지 않았기 때문에 지체 없이 환자를 똑바로 돌아눕히고 심폐 소생술을 시작했다. 가슴뼈가 우두둑 소리를 내며 부러졌고, A는 수북한 환자의 가슴털을 면도기로 대충 밀어낸 후 제세동 패드를 붙였다. 입 안을 가득 채운 토사물을 석션으로 빨아내고 기관 삽관을 마쳤을 때 제세동 모니터는 현재 환자의 심장이 전기충격을 받으면 정상 박동으로 돌아올 가능성이 있는 상태shockable rhythm임을 알렸다. 심장 충격 버튼을 누르자 꿀렁하고 환자의 몸이 움직였지만 맥박은 여전히 돌아오지 않았고 심폐 소생술은 계속 이어졌다.

"환자가 정상적으로 움직이는 걸 언제 마지막으로 목격하셨어요?"

"환자 이 상태로 얼마나 오래 있었냐고요?"

"여기 있는 사람 중에 쿵 하는 소리나 환자가 넘어지는 소리 들은 분 안 계세요?"

파트너 A가 환자의 가족들에게 몇 가지 질문을 던졌지만 그들은 서로를 탓하며 싸우고 울부짖느라 정신이 없었다. 그들 중 누구도 A의 질문에 답을 하지 못했다.

현장에서 네 번의 심장 활동 분석을 했고 그중 두 번이

'shockable rhythm'이었기 때문에 규정에 따라 현장에서 심폐 소생술을 중단할 수 없었다. 그래서 최대한 빨리 병원으로 이송해야 했는데…. 그렇지 않아도 육중한 체구의 환자는 온몸에 각종 분비물을 묻힌 채 축 처져 있었다. 환자를 들 때는 몸에 딱 붙도록 바싹 끌어안아야 다칠 염려가 줄어들기 때문에 환자의 몸에 묻은 것들을 수건으로 대충 훑어내고 꽉 껴안고 들어서 겨우 들것으로 옮겼다.

병원까지는 5분 남짓의 가까운 거리. 환자의 얼굴은 여전히 회색 섞인 자줏빛을 띠고 있었다. 안프라이어의 좁은 밤길을 무서운 속도로 내달리는 앰뷸런스의 뒤편은 제대로 서 있을 수 없을 정도로 흔들렸지만 나를 지탱해 주는 것은 아무것도 없었다. 한 손으로는 계속 환자의 가슴을 누르고, 다른 한 손으로는 인공호흡백을 쥐어짜며 우리가 탄 앰뷸런스가 급정거만 하지 않기를 바랄 뿐이었다. 20분 가까이 심폐 소생술을 한 나의 몸은 이미 땀으로 범벅이 된 상태. 안경으로 땀이 흘러내려서 눈앞이 뿌옇게 보였다. 그사이 A는 의료진들이 미리 와서 환자를 맞을 수 있도록 병원 응급실에 무전으로 통보를 했다.

응급실에 도착하자마자 그 환자의 어텐딩(환자 케어 담당자. 순서를 돌아가며 어텐딩을 맡음)이었던 나는 모두가 들을 수 있는 큰 소리로 발견 당시부터 현재까지의 상황과 우리의 조치 내역에 대해 브리핑했다. 간호사들이 심폐 소생술을 이어받았고, 여러 차례 전기충격과 함께 각종 약물이 투여되었지만 심전도 모니터에도, 심장 초음파상으로도 아무 움직임이 보이지 않았다.

"전혀 움직이지 않네. 사망 선고 하겠습니다. 다들 동의하십니까?"

응급실 당직 의사가 물었다. 다들 고개를 끄덕끄덕. 21시 07분, 환자는 사망했다.

나는, 처음보다 환자의 죽음에 많이 무디어졌다. 처음 사망한 환자를 봤을 때는 마음속 유리창에 쫙하고 금이 가는 듯한 충격을 받았다면 지금은 누군가 그 유리창에 똑똑 노크하는 정도랄까? 이 일을 시작하고 나서 본 첫 사망자부터 다섯 번째 사망자까지는 그들의 이름은 물론 사망 당시 얼굴의 색깔, 자세, 심지어 냄새까지 선명하게 기억했다. 그것은 내 머리가 기억한 것이라기보다는 마음속으로 예리한 조각칼 하나가 맘대로 들어와 스으윽 하나씩 파내며 새긴 것들이었다. 문제는 그렇게 새겨진 모습들이 사망한 환자와 전혀 관계없는 때와 장소에서 아무렇게나 재생된다는 점이었다. 그것은 내 의지로는 막을 수 없어서 그 이미지들이 떠오를 때마다 나는 살아 있어도 마치 죽은 이들의 세계에서 그들과 함께 사는 듯했다.

27년 경력의 파트너 A는 외상 후 스트레스 장애PTSD: Post Traumatic Stress Disorder로 2년 가까이 휴직을 했다. 주변 동료들의 말에 따르면 다시 현업으로 복귀한 그는 전보다 더 괴팍해졌고 쉽게 화를 냈다. 그런 그가 나에게 먼저 괜찮은지 물어봐 주었다. 사실 나도 A를 걱정하고 있었지만 아직 신입인 내가 먼저 물어보기는 민망해서 입을 닫고 있었던 터였다. 그래서 먼저 다가와 물어봐 준 A가 의외였고, 또 고마웠다.

현재 출동이 불가능한 상태임을 나타내는 코드 9를 지령실에 알리고, 베이스로 돌아와서 근무복부터 갈아입었다. 방금 사망한 사람이 남긴 체액을 옷에 묻히고 다니는 일은 아무리 죽음에 무디어졌다고 해도 유쾌한 일은 되지 못했다. 피나 이물질이 묻을 경우에 대비하여 여벌 근무복을 항상 갖고 다니는데 근무 중에 옷을 갈아입는 건 이번이 두 번째였다. '앞으로 몇 번을 더 갈아입어야 이런 일이 아무렇지 않은 평범한 일상이 될 수 있을까?' 하는 생각이 잠깐 들었지만 더는 생각하지 않기로 했다. 샤워까지 할 시간은 도저히 나지 않아서 큰 수건에 물을 적셔서 땀을 닦아내는 정도로 마무리했다. 그 짧은 사이에도 신고가 잔뜩 밀려 있던 탓에 지령실에서는 언제 우리가 다시 출동 가능한 상태가 되는지 계속 확인해 왔기 때문이다. 그래도 그렇게라도 씻고 옷을 갈아입고 나니 훨씬 개운하고 상쾌했다. 하지만 그때뿐이었다.

나는 낮에 영화 〈인크레더블 2〉를 보지 말았어야 했다. 등장하지도 않는 만화 속 파라메딕들을 걱정할 때가 아니었던 것이다. 영화 속 악당들이 나타났는지 안프라이어 주민들뿐만 아니라 30킬로미터 떨어진 렌프루 주민들까지 밤새 911을 찾아댔다. 결국 A와 나는 근무가 끝나는 오전 7시를 훌쩍 넘긴 8시 반이 되어서야 겨우 퇴근할 수 있었고, 깔끔하게 다렸던 내 근무복은 사망한 환자가 남긴 토사물과 분비물, 핏자국을 묻힌 채 험하게 구겨져 빨래 바구니 속으로 들어갔다.

나는 아무래도 블랙 클라우드black cloud(험한 현장을 자주 접하는 파라메딕)로 바뀌어가는 것 같다. 그리고 앞으로 당분간 근무복 다림질은 하지 않을 것이다.

2부

출동을 기다리며

쓰러진 삶을 구조하기

출근길을 반대로 걷는 사람

　　　　　　　　이력서를 들고 스트립쇼 극장
의 문을 열었을 때는 아직 쇼가 시작되기 전이었다. 문을 열고
들어가기 전부터 혹시나 쇼걸들을 마주치면 어쩌나 하는 걱정
에('기대'가 아니라 '걱정'을 했음에 주목해 주길 바란다). 내 가슴은
두 근 반 세 근 반 요동치고, 식은땀마저 났다.
　　스트립쇼 극장에서 사무 보조를 뽑는다고 해서 이력서를
들고 찾아간 길이었다. 이메일로 지원하면 간단히 해결될 일이
었지만 굳이 직접 찾아가서 이력서를 내기로 한 것은 일자리가
급했기 때문이다. 혹시라도 채용 담당자가 나에게 관심을 가지
면 그 자리에서 인터뷰까지 보고 바로 채용을 결정짓게 할 속
셈이었다. 사실 똑같은 기대를 품고 길 건너편에 있는 파이프

공장에도 이력서를 넣고 오는 길이었다. 하지만 스트립쇼 극장에서도, 파이프 공장에서도 나에게 관심을 가져주지 않았다. 없는 살림에 일자리를 구하러 다닌답시고 비싼 버스비만 날리고, 아까운 시간을 허비한 것이 벌써 몇 번째인지 모른다. 하지만 아무 허드렛일이라도 구해 오기를 바라는 아내와 아이들을 생각하면 나보고 무대에 올라가 스트립쇼를 하라고 해도 기꺼이 할 판이었다(물론 극장은 망했을 것이다).

그러던 어느 날, 취업 알선소에서 일자리를 소개해 주었다. 월요일부터 오타와 시내에 자리 잡고 있는 어느 은행의 협력 업체 사무실로 출근하라는 연락이 온 것이다. 은행 고객들이 입금한 돈을 정확히 센 후 금액을 컴퓨터에 입력하는 업무라고 했다. 솔직히 숫자만 셀 줄 알면 누구나 할 수 있는 단순 작업이었지만 나는 무척 기뻤다. 캐나다에 온 지 4개월 만에 비로소 나도 남들이 출근할 때 같이 출근이란 것을 할 수 있게 됐기 때문이다. 게다가 책상에 앉아서 일하는 사무직이라니. 당시만 해도 사무직이 몸을 쓰는 일보다 더 낫다는 생각을 버리지 못했을 때였다.

다른 직장인들과 함께 사무실을 향해 걷는 상상만 해도 좋았다. 비록 그 사람들과 똑같은 것이라고 해봐야 출근 시간뿐이겠지만, 그들과 출근 시간을 공유한다는 사실만으로도 식구들 끼니 걱정할 필요가 없던 때로 돌아간 듯해서 기분이 좋았

다. 최저임금을 받는 일이니 일주일 내내 일한다 하더라도 우리
네 식구 생계유지가 힘들 게 뻔했지만 나중에 은행이나 유사
업종에 지원할 때 이런 경력이 도움이 될 거라고 취업 알선소
직원이 말했기 때문에 나로서는 불만을 가질 수 없었다.

첫 출근 날 아침, 다른 사람들이 아침에 출근하는 모습이
내심 부러웠으면서도 그동안 말 한마디 꺼내지 못했던 아내는
내 출근을 도와주면서 "그래도 다른 사람들 출근하는 시간에
같이 출근하니까 얼마나 좋은지 몰라"라고 말했다. 장모님은
새 직장으로 출근하는 사위를 위해 아침 일찍부터 일어나 도시
락을 아주 정성스럽게 싸주셨다. 그동안 침울해진 집안 분위기
탓에 덩달아 주눅 들어 있던 아이들은 아빠가 한국에서 회사
다닐 때처럼 셔츠에 줄 잡힌 바지를 입고 나서니 예전처럼 아빠
가 돈을 잘 벌어 올 것처럼 보였던지 괜히 까불면서 나에게 매
달렸다. 그렇게 식구들의 응원을 받으며 출근해서 사무실에 앉
아 일할 수 있다는 것이 이렇게 축복받을 일인 줄은 예전 10년
간 회사 다닐 때는 미처 몰랐다.

출근 시간보다 훨씬 일찍 사무실 앞에 도착한 후 근처 스
타벅스에서 작은 커피 한 잔을 샀다. 원래는 푼돈이라도 아낄
요량으로 몇십 센트라도 더 저렴한 팀호튼 커피를 마셨지만 그
날은 시내에 있는 사무실로 출근하는 첫날이니 나름 호사를
누려보고 싶었다. '그래, 최저임금이긴 해도 이렇게 차근차근

시작하면 되는 거지 뭐.' 주변에 솟아오른 건물들을 둘러보며 혼자 다짐했다. 커피 맛 따위는 중요하지 않았다. 한국에서 회사 다닐 때도 출근 후 업무를 시작하기 전에 동료들과 회사 건물 앞 벤치에 모여 이렇게 커피 한잔을 나누곤 했다. 그때는 우뚝 솟은 회사 사옥이 마치 내 소유의 건물인 양 들고 나는데 거리낌이 없었고 심지어 든든하기까지 했는데, 지금 이름도 모르는 어느 빌딩 앞에 서 있는 나는 작고 초라하기만 했다.

복잡한 감정이 올라오는 것을 살짝 누르고 찾아간 사무실은 특이한 곳이었다. 듣던 것과는 달리 은행 협력사 사무실도 아니었고, 흔히 볼 수 있는 사무 공간은 더더욱 아니었다. 그곳은 사무실이 아니라 무장 경비원이 지키는 두꺼운 철문을 세 개나 통과해야 할 정도로 보안이 삼엄한 금고였다. 창문도 없이 완벽히 밀폐된 공간 안에 엄청난 수의 CCTV 카메라가 위, 아래, 옆으로 덕지덕지 붙어 있었다. 그 밑에 지폐가 차곡차곡 산더미처럼 쌓여 있었고, 지폐 더미 옆에는 사람이 앉아서 돈 세는 기계에 지폐를 집어넣은 후 금액을 컴퓨터에 입력하고 있었다. 취업 알선소에서 말한 사무직은 바로 그런 일이었던 것이다. 나를 데리고 들어간 매니저가 말했다.

"오늘은 이 정도 둘러보는 걸로 마무리하자고. 오늘은 셀현금이 별로 없으니 그냥 집에 가고 내일 다시 출근해 봐. 내일은 현금이 많이 들어와서 줄 일이 있으면 좋겠는데 말이야…."

그렇게 출근하자마자 쫓겨나듯 떠밀려 나온 나는 반쯤 넋이 나간 상태로 버스 정류장을 향해 걷기 시작했다. 딱히 갈 곳이 없으니 다시 집으로 돌아가야 했는데 집에 있는 식구들은 오늘 내가 겪은 일을 전혀 알지 못한 채 내가 돈을 벌어 오기만을 기다리고 있었다. 하지만 일을 못 했으니 당연히 돈은 한 푼도 벌지 못했다. 더 슬픈 것은, 이런 일이 내일도, 모레도 혹은 아무 때라도 벌어질 수 있다는 점이었다. 아직도 거리는 각자의 일터를 향해 바삐 걸음을 옮기고 있는 직장인들과 이들을 실어 나르는 시내버스로 가득 차 있었다. 말쑥한 차림새로 한 손에는 커피를 든 채 거리를 오가는 것까지는 그들과 똑같았지만 나는 반대 방향으로 걸으며 퇴근을 하는 유일한 사람이었다. 달려오는 버스에 몸을 던지는 상상을 했다. 하지만 그럴 용기도 없던 나는 집으로 돌아오는 버스에 얌전히 올라탔고, 좌석에 앉아 열어보지도 못한 도시락 가방을 다리 위에 얹어 놓았다. 울지 않으려고 했는데, 새벽에 장모님이 만들어주신 도시락의 온기가 채 식지 않고 다리로 전해졌고, 그만 서러운 마음에 눈물이 쏟아지고 말았다. 그리고 나는 스스로를 저주하고 또 저주했다.

그 후 지인 소개로 들어간 주스 공장에서는 2주 만에 해고됐고, 건물 3층 높이의 바운시 캐슬bouncy castle(공기를 주입해 부풀리는 놀이기구)을 내리고 펴고 접는 일에서도 3주 만에 해고

됐으며, 햄버거 전문점에서는 일주일 만에 해고됐다. 이런 배경 탓에 나는 취업 얘기만 나오면 입이 무거워진다. 사실 뭘 해도 취업이 되지 않았던 것은 내가 파라메딕이 되는 데 지대한 영향을 끼쳤다. 잇따른 취업 실패 탓에 돈을 벌 수 있는 일이라면 닥치는 대로 해야 했고, 그렇게 일을 해서 번 돈으로 생계를 유지할 수 있었다. 덕분에 '실패해도 죽지는 않는구나' 같은 일종의 여유까지 생겼는데, 그 덕분에 이 사회에서 내가 무슨 역할을 맡으면 좋을지, 그 일들이 나와 맞는지 스스로를 살피며 돌아보게 되었고, 그것은 일찌감치 구직활동을 접고 2년제 칼리지를 다닐 결심을 하는 데까지 이어졌다.

하지만 20 대 1의 경쟁률을 뚫고 오타와 소재 칼리지의 파라메딕 과정에 입학하고 나서야 전체 입학생 중 절반도 살아남지 못할 만큼 파라메딕 과정이 힘들다는 것을 알게 되었다. 첫 1년이 끝났을 때 함께 입학한 65명 중 40명만이 남았고, 그 후로 5명이 더 그만둬서 마지막에는 35명만 졸업했다. 설상가상으로 내가 졸업할 당시 온타리오주 파라메딕의 취업 경쟁률은 학교 입학 경쟁률보다 훨씬 더 높아서, 내가 지금 일하고 있는 렌프루 카운티 파라메딕에 지원할 때 경쟁률은 50 대 1이었다.

렌프루 카운티 파라메딕에 지원했을 때 채용 전형 중 하나인 체력 테스트를 하는데 코스가 너무 어려워서 이러다 숨넘어가 죽을 수도 있겠구나 싶었다. 체력 테스트의 마지막은 80킬로그램의 마네킹을 끌고 50미터를 왕복하는 코스였다. 너무나도 힘든 나머지 중간에 포기를 떠올렸던 그때, 귀에서 아이들이 "아빠!" 하고 외치는 소리가 들렸다. 환청이라고 할지 모르겠지만 난 정말 그 소리를 들었다. 아이들이 부르는 소리에 어금니가 부서지도록 이를 깨물고 악을 쓰다시피 해낸 덕분에 가까스로 시간 내 코스를 완주할 수 있었다. 채용을 담당했던 간부 중 한 명인 J가 다가와 "자네는 예비역 한국군 병장 출신이니까 이 정도는 한 번 더 해도 문제없겠지?"라며 농담을 건넸다. J는 웃자고 한 소리였는데 거의 반실신 상태였던 나는 그의 손과 팔을 꽉 움켜잡고 매달리듯이 "나, 나 정말 이거 꼭 돼야 해요!"라고 나도 모르게 외쳐버렸다. 사람이 절박하니까 채용 담당자 팔을 꽉 붙잡아 버리는 미친 짓까지 하게 되더라. 또다시 스트립쇼 극장을 기웃거리거나 버스에 몸을 던지는 상상을 하기는 싫었으니까. 다행히 체력 테스트는 통과했고, 필기시험에서는 전체 지원자 중에서 1등을 했다.

신규 인력 충원을 위한 채용 공고를 볼 때마다 5년 전 채용 공고를 손에 쥐고 이력서를 작성하던 내 모습이 떠오른다. 누군가에게는 이번 기회가 그저 수많은 일자리 중 하나일 것이고, 또 다른 누군가에게는 단순한 일자리 그 이상의 의미가 있을 것이다. 나에게 그때 그 채용 공고는 삶의 방향을 바꾸는 이정표 역할을 했다. 그렇게 정해진 삶의 방향이 맞는 방향인지 틀린 방향인지 당장은 알 수 없다. 하지만 잔뜩 출력한 이력서를 가슴에 품은 채 보이는 회사마다, 공장마다, 식당마다 들어가 나를 써주지 않겠냐고 매달리던 그 절박함을 아로새기고, 이 일을 할 수 있도록 허락해 주신 것을 감사히 되새기면서 이 길을 끝까지 뚜벅뚜벅 가볼까 한다. 모쪼록 매년 새로 채용되는 분들이 그 길을 함께 가는 좋은 길동무가 되어주길 바라는 마음이다.

소가 웃을 일

　　내가 일하고 있는 렌프루 카운티는 캐나다의 수도 오타와의 왼편에 위치하고 있다. 한 나라의 수도와 딱 붙어 있지만 주민 대부분이 농축산업과 서비스업에 종사하는 시골 마을이다. 또한 온종일 돌아다녀도 다른 인종을 찾아보기 힘들 만큼 전형적인 백인 마을이기도 하다. 그래서 문화, 언어, 인종 등 모든 것이 다른 한국에서 온 내가 캐나다 시골 마을에서 이들과 함께 일하는 것은 퍽 독특한 경험이 아닐 수 없다.

　　우선 이 지역에 들어서면 온 사방으로 넓게 펼쳐진 울창한 숲이 눈에 띈다. 지금은 많이 사라졌지만 초기 이민자들이 이곳에 왔을 때만 해도 숲속에 들어가면 빽빽하게 자란 나무가 하늘을 가려서 한낮에도 주변이 어두컴컴할 정도였다고 한다. 캐나다 건국 초기, 이 지역 남쪽으로 킹스턴, 동쪽으로는 오타와라는 도시가 개발되면서 목재에 대한 수요가 폭발했다. 렌프루 카운티의 울창한 숲은 이 수요를 충족할 수 있는 최적의 조건과 위치를 갖추고 있었다. 숲이 개간되면서 나무를 베어내는 벌목사업과 베어낸 나무를 가공하는 제재업이 이 지역의 주요 산업으로 떠올랐고, 개간된 넓은 땅에 들어선 농장과 목장에서는 도시 사람들에게 필요한 식료품을 생산하면서 농축산업 역시 발전할 수 있었다.

하지만 목재 수요가 점차 줄면서 한때 지역 경제를 이끌었던 제재업은 이제 몇몇 소규모 업체만 남았을 뿐이고 농축산업 역시 거대 식품 기업과의 경쟁에서 밀려 많이 도태되었다. 그사이 렌프루 카운티는 마땅한 대체 산업을 구하지 못했고 주민들은 일거리를 찾아 대도시로 떠났다. 그래서 카운티에 남은 주민 대다수는 경제적으로 풍족하지 못하고, 따라서 그들의 삶은 여전히 고달프다.

어찌 보면 정신없이 돌아가는 세상에 적응하지 못하고 시대에 뒤처진 낙오자로 보일 수도 있지만, 이곳의 인구 구성을 조금만 자세히 들여다보면 이들이야말로 혹독한 자연환경에 맞서 자기 터전을 일궈낸 승리자임을 알 수 있다. 영국과 프랑스계 이민자들에 이어 캐나다로 들어온 아일랜드계 이민자들은 영국계 주민들의 텃세에 밀려 오타와 외곽으로 밀려나고 말았다. 하지만 다행히 이들은 근면 성실을 타고난 훌륭한 농부들이었다. 척박한 땅을 가꿔 밭을 일군 덕분에 지금 오타와 서쪽은 끝이 보이지 않는 기름진 농토로 변했고 이들이 세운 마을과 주민들의 이름에서 아직도 아일랜드계의 흔적을 발견할 수 있다.

그다음으로 캐나다에 들어온 사람들은 독일계 이민자들이었다. 이들은 아일랜드계에 밀려 더 척박한 서쪽, 그러니까 앞서 말한 숲이 울창한 삼림지대로 들어가서야 자리를 잡을 수 있었다. 아름드리나무를 베고 그것을 옮기는 일은 때로 목숨을 걸어야 할 만큼 거칠고 힘든 일이었는데, 독일계 이민자들은 이 험한 일을 성실하게 해냈고, 그 덕분에 렌프루 카운티는 경제적 번영을 누릴 수 있었다. 이들은 현재 저머니쿠스Germanicus 같은 독일식 마을 이름을 짓고 모여 살며, 아직도 곳곳에서 독일 국기를 내건 독일계 주민 친목회 사무실을 쉽게 볼 수 있다.

이들보다 더 늦게 캐나다에 들어온 대규모 이민자들은 폴란드계였다. 이들은 독일계조차 너무 험해서 들어가지 않은 더 깊은 숲으로 들어가야 했다. 유럽에서 통하던 타민족에 대한 배척이 신대륙에 와서도 그대로 적용되었기 때문이다. 이곳이 얼마나 험한 곳인가 하면 베트남전 당시 탈영한 미군들이나 징집을 피해 미국을 탈출한 젊은이들이 당국의 눈을 피해 이곳에 터를 잡았는데, 수십 년을 숨어 지내도 모를 정도였다. 가끔 이 지역에서 걸려 온 911 신고 전화를 받고 현장에 가보면 아직도 영어보다 폴란드어가 편한 환자들을 만날 수 있다. 그들은 캐나다에서 나고 자랐지만 이 땅을 떠난 적이 없고, 다른 이웃들과 함께 폴란드어를 쓰며 몇십 년을 한 곳에서만 살았기 때문이다.

이곳 주민들은 자신이 사는 곳에 대한 애정과 자부심 또한 대단하다. 렌프루 카운티 남쪽을 흐르는 본쉐어강Bonnechere River은 독일계 이주민이 살던 마을과 아일랜드계 이주민, 그리고 영국계 이주민들이 모여 살던 마을을 차례로 지나서 마침내 본류인 오타와강에 합류하는데, 이들은 이 본쉐어강을 매우 현명하게 활용했다. 상류에 있는 독일계 주민들이 원목을 베어 강에 흘려보내면 중류에 있는 아일랜드계 주민들이 이를 받아 건져내서 가공을 하고, 이것을 다시 강에 흘려보낸다. 그러면 하류에 있는 영국계 업자들이 받아서 건조한 후 건축에 사용하는 방식이었다. 존 이건John Egan이라는 사람은 본쉐어강을 따라 여러 개의 제재소를 세우고 철도까지 들여오는 등 지역 발전에 많은 공을 세웠다. 사후 그의 업적을 기리고자 마을 이름을 이건빌Eganville로 지었고, 일곱 개의 파라메딕 베이스 중 하나도 바로 본쉐어강이 내려다보이는 이곳 이건빌에 자리를 잡고 있다.

한때 본쉐어강 지류를 따라 나뉘어 살던 영국 국교회 신자들, 아일랜드계 천주교 신자들, 그리고 독일계 개신교 신자들은 해묵은 종교 갈등으로 인해 서로의 마을로 쳐들어가 살인을 저지르기도 했고 성당이나 교회에 불을 지르기도 했다. 하지만 이처럼 증오와 반목이 가득했던 마을은 지금 카운티 전체에서 가장 순한 사람들만 모아놓은 듯 조용하고 한적하기 그지없는 시골 동네로 바뀌었다. 최근에는 팬데믹에 맞서는 메딕들을 응원하기 위해 오전 7시 반마다 주민들이 각자 집 앞에 나와 북이나 나팔, 바이올린 등으로 아일랜드 민요나 컨트리 음악을 연주해 줬을 정도로 따뜻한 정이 있는 마을이다. 그런데 정작 우리는 매일 바로 그 시각에 아침 조회를 하기 때문에 우리 중 아무도 그 연주를 듣지 못했다. 그렇다고 "저희 조회가 8시에 끝나니까 그 시간에 맞춰 연주해 주세요"라고 요청할 입장도 아니어서 그저 마음만 받기로 우리끼리 결정해 버렸다.

이들은 없는 살림에 조금씩 돈을 모아서 제재소가 내려다보이는 언덕 위에 손수 전망대를 세우고 순서를 정해 찾아온 외부인들을 안내하고 있다. 한때 반목했던 사람들을 경제 공동체로 묶어내고 갈등을 치유한 제재소를 바라보게 한 것은, 이를 단순히 관광자원으로 활용하는 것을 넘어 그 후손에게 당시를 기억하게 함으로써 이 마을의 평화가 왜 그토록 중요한지 배우게 하려는 목적이 더 크다. 파라메딕 동료이면서 지역 의용

소방대원으로도 근무하는 이곳 토박이 K는 "물론 여기도 문제가 많지. 하지만 그렇다고 여길 버리고 다른 곳으로 가는 것은 생각할 수 없어. 둘러보면 내 할아버지가 온 동네 사람들과 함께 지었던 제방, 아버지가 이웃 사람들과 함께 지었던 마을 회관 건물이 다 보이는데 나도 여기서 뭔가 해야 하지 않겠어? 그리고 우리 아이들이 다 여기서 나고 자랐는데 그 추억을 다 버리고 가긴 어딜 가"라고 웃으며 말했다.

이들이 사는 집은 낡았고, 집값은 더 떨어지지나 않으면 다행인 수준이고, 타고 다니는 차의 연식 또한 대부분 10~15년을 훌쩍 넘었다. 유행하는 패션이나 명품 가방 같은 것은 없고 그저 세끼 밥 먹고 살면서 가족 혹은 친구들과 가끔 낚시나 사냥을 하는 게 이곳 사람들의 취미이자 낙이다. 사람들 행색을 보면 이곳이 과연 우리가 아는 선진국 캐나다가 맞나 싶고, 아무나 잡아서 거꾸로 매달아 탈탈 털어도 10센트 한 닢 떨어지지 않을 것 같은 가난한 동네이다. 하지만 삶에 대한 만족도와 지역사회와 이웃을 위해 십시일반으로 펼치는 자원 봉사 활동을 보면, 과연 사람 살 만한 동네라는 것은 어떤 의미일까 생각하지 않을 수 없다. 몇 세대 동안 사람들 사이에 쌓이고 다져진 믿음과 서로 의지하는 마음을 금전적 가치로 환산하거나 정량적 수치로 평가할 수 있다면 이들은 분명 마음이 부자인 동네에서 살고 있을 것이다.

이곳 시골 마을에서의 내 직업이 911 신고 현장에서 응급 의료 서비스를 제공하는 일이다 보니 신고 내용 역시 도시에서는 접하기 힘든, 시골에서만 발생할 수 있는 일인 경우가 종종 있다. 그날 내 파트너는 J였는데 그 역시 평생을 도시에서 나고 자랐다. 그는 심지어 파라메딕이 될 때까지 다른 일을 한 번도 안 해봤고, 평생 대걸레질조차 해본 적 없다고 했다.

무전 상태가 나빠 치직거리는 소리 때문에 지령실에서 전달하는 사고 내용이 잘 들리지 않았는데 70대 환자가 무언가에 'trampled', 그러니까 무언가에 밟혔다는 것만 겨우 파악했다. 일단 현장 쪽으로 달려가면서 그 무언가가 무엇인지 파악하려고 마이크에 대고 수차례 "10-9(재전송 바람), please"라고 외쳤는데 지령실 근무자도 좀 짜증이 났던지 "소에 깔려서 밟혔다고요, 소! 소!"라며 원망스러운 목소리로 외치듯 말했다. 세상에…. 사람이 소에 밟힐 수도 있구나…. 도시 출신인 J와 나는 잠시 할 말을 잊었다.

축사에서 일하던 환자는 소똥을 밟고 미끄러졌는데 그만 무게 700킬로그램짜리 소가 쓰러진 환자 위로 넘어졌고 그 소가 일어나면서 환자의 오른쪽 가슴을 밟은 것이다. 환자는 다행히 두 발로 설 수 있었지만 밟힌 쪽 가슴에서 긴장성 기흉이 발생한 듯 청진을 해봐도 밟힌 쪽 폐가 다른 쪽에 비해서 잘 들리지 않았고 환자는 호흡곤란을 호소했다. 일단은 급하게 헬기를 불러 환자를 오타와 외상센터로 이송했다.

외상 사고가 발생했을 때는 사고 발생 현장, 차량 혹은 사고를 일으킨 물건 사진을 찍어서 병원 응급실 의료진들에게 보여줘야 한다. 그래야 사고 경위와 그에 따른 부상 정도를 정확히 파악하는 데 도움이 되는데 이놈의 소는 사고를 친 후에 무리 속으로 숨어버려서 찾을 수가 없었다. 이때 환자의 동료가 어떤 소를 가리키면서 바로 저 소가 문제의 그 소라고 알려줬는데, 소들이 한군데 몰려 있는 곳을 가리켰기 때문에 내 눈에는 그 소가 그 소 같아 보였다. 범인 소를 찾느라고 웬 낯선 사람들이 모여 이 야단법석을 떠는 꼴을 소 입장에서 바라보면 이것이야말로 소가 웃을 일이다 싶었다. 결국 사진은 포기하고 소야 웃건 말건 축사 한가운데서 소들에 둘러싸인 가운데 나 혼자 실없이 웃고 말았다.

그날 오후에는 시골에서만 발생할 수 있는 또 다른 작은 사고가 하나 발생했다. 이 물건을 우리말로 표현하자면 외바퀴 손수레 정도가 되겠지만 나는 이걸 영어로 'wheelbarrow'라고 하는지 몰랐고, 불행인지 다행인지 우리의 시티보이 J 역시 이 단어를 전에 어렴풋이 들어봤을 뿐 정확히 무엇을 가리키는지는 몰랐다. 게다가 우리는 환자 나이도 제대로 파악을 못 했다. 다섯 살인지 아니면 쉰 살인지 확실치 않은 남자 환자가 이 외바퀴 손수레 위로 넘어져서 옆구리에 구멍이 났고 심한 고통으로 울고 있는데 환자의 엄마가 옆에서 달래는 중이라고 했다. 그래서 J와 나는 현장으로 달려가면서 머릿속에 두 가지 시나리오를 그렸는데, 하나는 다섯 살 아이가 다쳤고, 울고 있는 아이 옆을 젊은 엄마가 지키고 있는 모습과, 또 하나는 쉰 살 아저씨가 다쳤고, 울고 있는 아저씨 옆을 백발 할머니가 지키고 있는 모습이었다.

이번만큼은 제발 무전이 잘 터져서 환자 나이라도 잘 파악했으면 하는 바람으로 "환자 나이가 05(제로 파이브)예요, 아니면 50(파이브 제로)예요?"라고 물어보니 지령실 직원은 그날따라 컨디션 난조를 겪고 있었는지, 평소에는 별 무리 없이 답해주었을 질문에 거의 소리치듯 대답했다. "5! 0! 5!(파이브! 제로! 파이브!)" 그러니까 그녀가 정말 하려던 말은 "다섯 살이라고요! 05세!"였는데 막상 "파이브, 제로, 파이브"를 들었을 때는 환자 나이가 무려 505세라고 하는 줄 알았기 때문에 J와 나는 이 사람이 장난치나 싶었다. 어차피 현장에 가면 5세인지, 50세인지, 505세인지 알게 될 테니까 더 이상의 나이 파악은 포기하고 현장으로 향했다.

기네스북 세계 최고령 기록을 갈아치울 뻔한 환자는 결국 다섯 살 어린이로 밝혀졌다. 환자는 제 아빠의 농장에 있는 긴 통나무 위를 곡예하듯 걷다가 그만 미끄러졌고, 마침 밑에 있던 외바퀴 손수레 위로 떨어지고 말았다. 하필 바퀴에 있는 볼

트에 왼쪽 옆구리가 찍혀 3센티미터 크기의 구멍이 생겼고 우리가 도착했을 때 이미 출혈은 멎었지만 상처 밖으로 지방조직이 튀어나와 있었다. 파상풍이 염려되어 볼트를 살펴봤는데 다행히 표면은 깨끗했고 녹슨 부분도 없었으며, 파상풍 예방주사도 맞았다고 했다. 혹시 내부 출혈이 있지 않을까 싶어 혈압도 여러 차례 다시 재어보고 피부색과 맥박 변화도 살펴봤는데 모두 정상이라서 우는 아이를 잘 달래가며 가까운 병원으로 이송하는 것으로 잘 마무리했다.

캐나다 시골 마을의 공무원으로서 도움을 호소하는 주민들과 함께 울고 웃으며 5년 넘게 부대끼다 보니 나 역시 이곳 사람들이 살아가는 방식에 어지간히 익숙해진 듯하다. 사실 그것은 이민을 오기 전에는 전혀 기대하지 않았던 의외의 효과지만 이 마을, 그리고 이곳 사람들과 친해진 내가 반갑다. 왜냐하면 우리가 아는 캐나다―아름답고 깨끗한 자연, 훌륭한 복지제도와 저녁이 있는 삶이 가능한―가 그 캐나다가 되기까지 얼마나 많은 사람들이 힘들고 쓰라린 과정을 겪어야 했는지 이 마을을 통해 알게 되었고, 무엇보다 그들이 현재를 사는 모습을 통해 나를 돌아볼 수 있게 되었기 때문이다.

고백하건대, 나는 최근까지 스스로를 다른 사람들과 비교하는 습관을 완전히 버리지 못했다. 내가 더 돋보이지 못하고, 더 나은 대우를 받지 못하는 것에 낙담할 때가 많았다. 그래서 다른 사람들에게 지나치게 얽매이거나 혹은 그 주변을 겉돌기도 했다. 특히 한국에 있을 때는 무언가에 계속 쫓기는 기분에 항상 신경을 곤두세우고 있었고, 캐나다로 이민 온 후에도 여전히 남들보다 더 빨리 나아지지 않는 형편에 불만이 많았다. 이런 나에게 렌프루 카운티 사람들의 삶은 무척 남루하고 뒤처져 보였다. 하지만 실제로도 상당 부분 남루한 그들과 나의 가장 큰 차이라면 그들은 그것 때문에 스스로를 괴롭히지 않는다는 점이다. 자신만의 가치에 집중하고, 자신과 땅을 공유하는 이웃과의 관계를 소중히 여기며, 원하는 것을 다 갖지 못해도 없으면 없는 대로 행복할 줄 아는 방법을 일찌감치 터득했기 때문일 것이다.

여러 매체나 지인들을 통해 들여다보면 한국은 세련되고 품질 좋은 상품과 높은 수준의 서비스 덕분에 생활 환경은 그 어느 때보다 편리해진 듯하다. 다들 열심히, 그리고 치열하게 살아낸 덕분에 비교적 빠른 시간 안에 그런 수준에 도달한 것이 무척 자랑스럽지만, 또 한편으로는 함께 어울려 사는 것보다 각자 알아서 살아남는 것을 더 중요하게 여기는 것 같아서 안타까울 때가 많다. 오히려 원하는 것을 얻지 못하는 것―그것이 입시가 되었건, 취업이 되었건, 혹은 집값이 되었건―으로부터 받는 불만과 불안은 예전보다 더 심해진 것 같다. 바라건대, 내 고향 한국 사람들이 남들보다 더 잘하고, 남들보다 더 많이 가져야만 잘 살 수 있을 거라는 생각에 너무 오래 매몰되어 있지는 않은지 돌아보았으면 좋겠다. 어느새 여유와 행복은 경쟁에서 이긴 사람들만 취할 수 있는 전리품이 된 듯하지만, 어쩌면 그것은 그리 대단한 것이 아닐지도 모른다. 렌프루 카운티 사람들을 보면서 그런 생각이 들었다.

첫 규정 위반, 가끔은 비뚤어지기로 했다

           직업과 직종마다 반드시 따라야 하는 질서가 있다. 지키지 못하면 업무 품질이 저하될 뿐만 아니라, 심지어 직업을 잃을 수도 있는 규정과 법이 있게 마련인데, 내가 캐나다에 와서 처음 맞닥뜨린 직업 관련 규정은 온타리오주 정부의 주류 취급 관련 법규였다. 그것은 내가 이민 와서 구한 첫 직업이 경기장에서 술을 나르는 일이었기 때문이다. 온타리오주에서는 손님에게 직접 술 서빙을 하지 않고, 나처럼 단순히 술을 옮기는 일만 해도 스마트 서브Smart Serve라고 하는 주류 취급 자격증을 취득해야 한다. 이것이 없으면 술병에 손을 댈 수조차 없도록 규정하고 있다.

           같은 경기장에서 함께 일을 했던 아내도 이 자격증을 취득했다. 아내는 계산원으로 채용되었는데 손님으로부터 주문을 받고 냉장고에서 술을 꺼내주는 일을 맡았다. 규정상 계산원은 손님들에게 술을 제공할 때 반드시 술병 마개를 따서 주게 되어 있었는데, 이걸 가지고 술에 취한 손님들이 아내에게 시비를 걸고 소리를 지르는 경우가 자주 있었다. 규정에 따라 그렇게 할 수밖에 없다고 아무리 설명해도 그들은 막무가내였고, 아내는 규정을 지킨 대가로 험한 꼴을 수차례 겪으며 눈물깨나 흘려야 했다.

그때는 이 캐나다라고 하는 나라에 잘 보이고 싶어서 무진 애를 쓰던 시기였다. 이 나라에서 요구하는 질서나 규정이 있으면 그 누구보다 열심히 따르려 애썼다. 그렇게 하면 술―내가 등짐으로 옮기고 아내가 손으로 따주는―을 마시며 경기를 즐기는 손님들처럼 언젠가 이 사회의 당당한 일원이 될 수 있을 거라고 믿었다. 사실 그렇게 믿는 것 말고는 딱히 할 수 있는 게 없었다. 규정을 어겼다가 적발될 경우, 내 편을 들어주거나 눈감아 줄 사람은 아무도 없었기 때문이다.

파라메딕으로 근무하는 데도 숙지하고 준수해야 하는 법규, 규정, 규범들이 있다. 환자 조치에 필요한 기본소생술BLS: Basic Life Support과 심화소생술ALS: Advanced Life Support은 기본이고, 유관 기관과 현장에서 어떻게 협력하는지, 그리고 환자 이송을 위한 헬기 이착륙 시 준비할 것과 접근 방법에 대한 규정도 있다. 그리고 도로교통법이나 구급차법Ambulance Act 같은 온타리오주 법규도 숙지해야 하고, 최근에는 코로나19 팬데믹 상황으로 인해 개인과 환자에 대한 위생 및 방역 지침까지 꿰고 있어야 한다.

나는 일하면서 이런 규정을 위반한 기억이 별로 없다. 만일 규정 위반을 인지하면 셀프리포트self-report라고 하는 일종의 경위서를 작성해서 파라메딕 면허를 관리 감독 하는 거점 병원에 제출해야 하고, 규정을 지키지 못한 이유를 진술함은 물론 당시 정황상 나의 결정이 타당했는지 심사를 받아야 한다. 그뿐만 아니라 옆에 있는 파트너가 규정을 위반하는 것을 목격하거나 규정 위반을 인지하는 경우에도, 셀프리포트와는 별도의 경로로 신고하게 되어 있다. 어쨌든 자칫 잘못하면 파라메딕으로서 자격을 잃게 되고 자연히 해고당할 수 있다.

그런데 엊그제 나는 규정을 어겼다. 처음으로. 두 번씩이나. 그것도 일부러.

환자의 출혈량은 별로 많지 않았다. 화강암 재질의 세면대 선반 위로 빨갛고 동그란 낙하혈이 주근깨처럼 퍼져 있었고, 차가운 대리석 바닥에 흥건하게 널린 피는 서로 엉겨 붙어 선지가 되어 있었다. 그 선지들 사이로 흩어진 위스키병 파편들이 화장실 불빛을 받아 반짝였고, 누군가 그 위를 밟고 다녔는지 맨발로 찍힌 피 발자국이 대리석 바닥을 어지럽히고 있었다.

욕실에서부터 환자가 누워 있던 침실 바닥까지 피로 쏠린 자국이 길게 이어졌는데 그 핏자국을 따라간 그 끝, 다시 말해 출혈이 최초로 시작된 곳은 환자의 왼쪽 손목이었다.

현장으로 가는 길에 지령실로부터 전달받은 바에 따르면 환자는 손목을 그었다고 했다. 그때까지만 해도 '손목 그은 환자, 오랜만이네' 정도로 생각했다. 현장까지 아직 절반밖에 이르지 못했을 때, 지령실은 환자의 출혈이 멈추지 않는다고 전해왔다. '동맥을 건드렸나?' 그제서야 슬슬 긴장이 되면서 파트너 A와 각자 할 일을 나누기 시작했다. 적어도 몇 분은 더 달려야 현장에 도착하는데 이번에는 환자가 의식을 잃었다고 지령실에서 알려왔다.

"VSAVital Signs Absent(심정지)일까?"

"모르지. 하지만 출혈로 의식을 잃을 정도라면 오늘 피 좀 묻히겠는데…"

규정에 따라 가운을 챙겨 입고, 고글을 쓰고, 장갑을 두 겹으로 끼웠다. 장갑 안쪽은 금방 땀으로 젖을 것이고 장갑 바깥쪽은 피로 젖어 미끌미끌해질 것이다. 그러면 피 묻은 장갑을 벗어 다른 새 장갑으로 갈아 끼울 때까지 땀에 젖은 손을 말려야 하는데, 현장에서 한가롭게 손을 말릴 여유 같은 건 없기 때문이다.

현장에 도착하자마자 미리 정한 대로 필수적인 장비만 챙긴 후 환자가 있는 집 안으로 바삐 걸음을 옮겼다. 앰뷸런스에서 환자가 있는 곳까지는 길어봐야 서울에 있던 회사 사무실 내 책상에서 커피를 타 마시는 탕비실까지의 거리만큼도 안 되겠지만, 그 짧은 거리를 걷는 동안 내 머릿속은 하얗게 탈색된다. 아마 아무도 눈치채지 못할 것이다. 환자를 곧 맞닥뜨리게 될 메딕이 그렇게 긴장한다는 것을. 하지만 환자에게 닿기까지 걸리는 십몇 초의 시간은 다른 이들에게 들키지 않고 맘껏 약해질 수 있는 시간이다. 원래 소심하고 겁 많은 나는 혼자 속으로 '어쩌면 좋지…'를 주문 외우듯 수십 번 반복하다가, 환자가 눈에 보이기 시작하면 잘 훈련되고 노련한 파라메딕인 것처럼 연기를 시작한다.

그런 남모르는 과정을 거친 후 마주한 환자는 온몸에 피가 덕지덕지 묻긴 했지만 심박동도 일정한 간격으로 힘차게 잘 뛰고 있었고 호흡도 혼자 씩씩하게 잘하고 있었다. 나는 허리에 찬 무전기 위에 손을 얹고서 방바닥에 누워 있는 그녀를 조용히, 그리고 물끄러미 내려다보았다. 그러자 그녀는 누가 들어왔는지 알아보려는 듯 아주 잠깐 실눈을 떴고 그때 나와 눈이 딱 마주치자 바로 다시 눈을 감아버렸다. 그녀의 얼굴 위로 술 냄새와 마리화나 냄새가 살짝 올라왔다. '음, 뭐… 이 정도면 별문제 없겠네.'

"물러서도 괜찮아요. 이제 우리가 맡겠습니다."

옆에서 환자의 머리를 받히고 있던 경찰관에게 말했다. 환자는 왼쪽 손목의 출혈 말고 별다른 외상은 없어 보였다. 머리부터 발끝까지 다른 출혈 부위가 있는지 하나하나 짚어보며 살펴봤지만 손목이 전부였다.

지혈은 아주 잘 되었다. 우리보다 먼저 도착한 경찰관들의 빠른 조치 덕분이긴 했는데, 사실 그 '조치'가 좀 과하긴 했다. 드레싱으로 잘 감싼 후 적당한 압력으로 눌러주면서 손목을 어깨높이로 살짝 들어주는 걸로 충분했지만 신참인 듯한 경찰관 두 명이 환자 손목에 붕대를 어찌나 꽉 조여 감아놨던지 "이래서 어디 환자 손목 잘리겠니?"라고 말할 뻔했다. 문제는 거기서 끝이 아니었다. 그들은 동맥이 끊어졌을 때 쓰는 지혈대까지 환자 팔뚝에 감아놓았다. 그것도 손목에 감은 붕대보다 훨씬 더 타이트하게…. 덕분에 이미 환자의 왼손은 하얗게 됐고, 팔뚝은 검붉게 변했다.

"이거… 이렇게 하면 안 되는… 하아…."

나만 알아들을 수 있는 한국말이 절로 터져 나왔다. 직접 눈으로 상처를 확인해야 했기 때문에 경찰관들이 감아놓은 드레싱을 풀었다. 왼쪽 손목에 오래된 상처가 많았다. 오른손잡이라는 뜻이겠지. 이번이 세 번째 자살 시도라고 했다. 보통 손목을 그으면 가로로 긋게 마련인데 이 환자는 팔뚝부터 손목까지 세로로 주욱 갈라놨다. 상처를 따라 피하지방이 삐져나왔고 그 안으로 근육과 힘줄이 보였다. 출혈이 그 정도였던 건 동맥을 건드려서가 아니라 상처가 크고 길었던 탓이었다.

환자는 팔을 조이는 지혈대가 전해오는 고통 때문에 내가 굳이 깨울 필요가 없었다. 깨어나서 자신이 죽지 않았음을 깨달은 환자는 묻는 말에 답변을 거부한 채 울기 시작했다.

"눈 떠보세요."

분명 스스로 눈을 떠서 주변을 둘러봤던 환자는 눈을 뜨라는 내 말에 다시 질끈 감아버렸다.

"왼쪽 손가락하고 손 좀 움직여 보세요."

"…."

"손목에 통증 느껴요?"

"신경 쓰지 말아요."

"살고 있는 집 주소 말해봐요."

"나는 괜찮으니 그냥 가세요…."

"미들 네임까지 포함해서 이름 말해봐요."

"나 죽고 싶어…. 제발 죽게 내버려두라고…."

다행히 모든 생체 징후는 정상이었고 환자 팔에 아직 지혈대가 감겨 있기는 했지만 출혈은 완전히 멈췄다. 이제 환자는 "팔에 이것 좀 빼달라고요!"라며 고통을 호소하고 있었다. 문제는 규정상 한번 지혈대를 감으면 병원에 도착할 때까지 풀 수가 없었다. 사실 이 환자의 진짜 문제는 출혈이 아니었다. 자살 기도 혹은 자해로 인해 심리적으로 무척 불안한 상태부터 진정시켜야 했는데 이 지혈대는 환자를 더 흥분하게 할 뿐이었다. 난 이미 이걸 떼어내기로 마음먹었지만 그 전에 파트너 A는 어떻게 생각하는지 물어봐야 했다. 그도 한번 착용된 지혈대를 병원에 도착하기 전에 제거하는 것이 규정 위반인 줄은 알고 있었기 때문이다.

"이거 좀 지나치지 않아? 난 떼고 싶은데 규정 때문에 말이야…."

"쟤들(경찰관들)이 너무 과하게 감아놨어. 난 모른 척할 테니 그냥 떼고 병원까지 조용히 가자."

그래서 지혈대를 떼어냈다. 그게 그 당시 환자 케어에 최선이라고 판단했기 때문이다. 어쨌거나 이것은 나의 첫 번째 규정 위반, 그것도 고의로 저지른 위반으로 기록될 것이다. 지혈대를 떼어내자 멈춘 줄 알았던 출혈 부위에서 드레싱 밖으로 피가 살짝 배어 나왔지만 그 위에 드레싱을 덧붙여 대고 꾹 누른 채 하늘을 향해 들자 얼마 지나지 않아 곧 멎었다. 그 상태로 나는 환자와 손을 맞잡아 위로 치켜든 채 아까 마저 나누지 못한 대화를 시도했다.

"술 얼마나 마셨어요?"

"사람들은 참 이상해. 내가 문제라고, 내가. 왜 술을 탓해? 술 때문에 그런 게 아니라 내가 그냥 살기가 싫다고…."

"마약 했어요?"

"그럼 뭐가 달라져?"

빈정대는 듯한 환자의 말투 때문에 순간 욱할 뻔했다. '아니, 왜 나한테 성질이지?'

"죽으려고 했던 거예요?"

"…."

"그렇게 마음먹은 이유가 있어요?"

"살기 싫다는데 무슨 이유가 더 필요해? 그냥 다 내 잘못이야. 내가 살아 있으면 안 돼…. 사람들 전부 나를 싫어해. 전남편도, 애인도, 친구도…. 외로워서 미치겠어."

아까 나와 눈이 마주치자 눈을 질끈 감을 때부터 스멀스멀 올라오기 시작했던 이 환자에 대한 짜증은 이야기를 나눌수록 더 심해졌다. 묻는 말마다 내뱉듯이 답하는 환자의 말투에 나도 '그래, 그러든가, 그럼' 하고 입을 닫아버렸다. 그렇다고 드레싱을 감은 손까지는 내릴 수 없어서 환자와 나는 미묘한 신경전을 벌이는 와중에도 손은 여전히 맞잡은 채 치켜올리고 있었다. 그런데… 맞잡은 환자의 손으로부터 전해지는 따스함이 너무 좋은 것이다. 하도 어이가 없어서 피식 웃음이 날 뻔했다.

사람이 하는 일이 대부분 그렇듯 자살 시도 역시 처음이 힘들 뿐, 이후부터는 처음만큼 힘들지 않고, 횟수가 거듭될수록 그다음 시도까지 걸리는 시간은 점점 줄어들기 십상이다. 하지만 이렇게 따스한 체온을 갖고 있는 사람이, 심지어 아이도 있는 엄마가 몇 번이나 차갑게 식을 뻔했다니…. 그래, 죽다 살아난 사람인데 나부터 잘해줘서 계속 살게 만들어야겠다고 생각했다.

무언가 계기를 마련해야 했다. 그러고 보니 그때까지 내 소개를 하지 못했다. 나는 일어서서 환자를 내려다봤고 환자는 여전히 울고 있었다. 티슈 몇 장을 뽑아 환자 눈에 맺힌 눈물을 닦아주고 남은 건 환자의 손에 쥐어줬다. 그리고 그러면 안 되는데, 명백한 방역 규칙 위반인데 나는 안면 가리개 안으로 손을 넣어 마스크를 내려서 내 얼굴을 보여줬다.

"안녕?"

"…안녕."

"아직 내 소개를 못 했네. 내 이름은 준이야. 원래 준일인데 여기서는 다 준으로 불러."

"…미안해."

"아냐. 네가 외롭다고 한 말, 나 솔직히 100퍼센트 이해한다고는 말 못 해. 하지만 네가 느끼는 그 감정, 내가 살면서 가장 외로웠던 때를 떠올리면서 그게 어떤 느낌인지 함께 느끼려고 나도 지금 노력하고 있어. 그게 내가 지금 너한테 해줄 수 있는 최선이야. 그리고 다른 사람들은 몰라도 적어도 나는 너 좋아해. 네가 죽지 않고 살아줬잖아. 아직 만나지 못했을 뿐이지

너를 좋아하는 사람 분명히 많이 있어. 그러니까 너도 살아."

병원에 도착할 무렵, 환자는 훨씬 안정을 되찾았다. 나는 병원을 떠나기 전, 당직 의사가 그녀의 상처를 봉합하는 동안 그녀에게 가서 "나, 아직도 너 좋아해"라고 말해주었고 그녀는 고맙다는 말과 함께 힘없는 미소를 보내주었다. 그렇게 되지 않기를 바라지만 그녀가 조만간 같은 시도를 또 하더라도 별로 놀랍지는 않을 것이다. 다만 내가 그녀에게 건넸던 말이 내 진심이었음을 그녀가 알아주길 바랐다.

'죽지 않고 살아줬기 때문에 네가 좋다고 말한 건 진심이었는데, 네가 원하던 것처럼 진짜로 죽어버리면, 그리고 그런 너를 내가 발견하게 되면 나는 앞으로 규정까지 어겨가며 진심으로 환자들을 대하기 힘들 것 같거든…'

내가 셀프리포트를 쓰는 동안 파트너 A는 그냥 넘어가면 될 일을 가지고 쓸데없는 짓을 한다고 옆에서 계속 핀잔을 줬다. 별로 자랑할 만한 일은 아니지만 이제는 내 실수를 눈감아줄 동료가 있음을, 더는 술 취한 손님들을 위해 술병을 딸 필요가 없는 아내에게 들려주면 좋아할 것 같았다.

LSD 그리고 김정은

캐나다로 이민 온 후에도 처음 몇 년 동안은 거의 매일 한국 뉴스를 챙겨 보았다. 일어나자마자 뉴스부터 보는 것이 습관이 된 탓도 있었지만 가장 큰 이유는 아무리 애써도 눈에 잘 들어오지 않는 캐나다 뉴스가 여전히 낯설었던 탓이다. 하지만 시간이 지나면 지날수록 태평양 건너 한국에서 일어나는 일보다는 내 일상에 직접 영향을 미치는 캐나다 뉴스, 특히 내가 사는 오타와 지역 뉴스에 더 관심이 가고 한 번이라도 더 들여다보게 되었다. 아무래도 내가 발 딛고 사는 이 땅을 우리 동네, 우리 집으로 여길 만큼 캐나다에서의 삶에 익숙해졌다는 뜻일 것이다.

캐나다에 오자마자 이곳 언론을 통해 처음 접한 한국 뉴스는 세월호 관련 소식이었다. 내가 캐나다에 도착한 날은 2014년 4월 23일, 그러니까 4월 16일 세월호 참사가 발생한 지 정확히 일주일 만이었다. 다른 나라의 일에 꾸준히 관심 갖기에는 시간이 꽤 흘렀다고 생각했지만 캐나다 방송에서는 몇백 명의 아이들이 갇힌 배가 가라앉는 모습을 여전히 TV에 내보내고 있었다. 이곳에서 처음 만나는 사람들에게 내가 한국에서 왔음을 알리면 그들은 감사하게도 세월호 희생자들에 대한 안타까운 마음과 애도를 표했지만 솔직히 나는 그게 편치 않았다. 나에게는 그 말이 "그러니까 너는 아직도 그런 일이 일어나는 나라에서 왔다는 말이지?"로 삐딱하게 들렸기 때문이다.

그다음으로 사람들이 관심을 가졌던 건 북한 관련 뉴스였다. 미사일이나 핵 관련 소식이 나올 때마다 여기 언론, 특히 미국 언론은 당장 큰일이라도 날 것처럼 보도했고, 몇몇 사람들은 나에게 한국에 있는 내 가족들을 대피시켜야 하는 것 아니냐고 묻기도 했다. 또 몇몇은 전쟁이 일어날 수도 있는 상황이 흥분된다고까지 말했다. 그들에게 내가 철원에서 군 생활할 때 제일 무서웠던 것이 바로 전쟁이었다는 말과 함께 '그래서? 전쟁 나면 네가 우리 가족들 데리고 오게? 아님 가서 총이라도 한 방 쏴줄 거야?'라고 쏘아붙이고 싶었는데 차마 그렇게 하지는 못했다.

이민을 오긴 했지만 내가 태어나고 자란 나라에 대한 애정과 자존심까지 두고 온 것은 아니다. 그렇기 때문에 한국이 다른 나라 사람들로부터 칭찬이나 존경을 받지는 못하더라도 전쟁쯤 일어나도 좋은 나라로 취급받는 것은 괴로운 일이었다. 그것은 마치 내가 시댁 식구들과 함께 살아도 친정이 하는 일이 잘 풀리고, 친정이 잘 살면 시집 식구들을 대할 때 좀 더 당당해지는 것과 비슷하달까?

그런데 몇 년 전부터 이곳 캐나다 뉴스를 통해 한국 관련 소식을 듣는 경우가 부쩍 잦아졌다. 그것은 대형 사고도, 북한 미사일 소식도 아니었다. 평창 동계 올림픽을 시작으로 코로나19에 대처하는 한국의 모범적인 방역 사례를 다룬 뉴스가 상당히 많아진 것이다. 최근 우리 파라메딕들의 업무 범위에 코로나19 검사와 백신 접종도 포함되었기 때문에 그런 뉴스가 남의 일 같지 않았는데, 동료들 역시 캐나다 언론에서 앞다투어 다루는 한국 관련 소식을 유심히 봤다가 나에게 한국의 이모저모에 대해 묻기도 했다. 그것은 예전에 한국에 관한 부정적인 뉴스가 보도될 때 내가 겪었던 방관자적인 반응과 달랐다. '우리뿐만 아니라 다른 내로라하는 나라들도 쩔쩔매는데 너희는 어떻게 그렇게 잘하는 거니?' 같은 경외심이 느껴지는 긍정적인 반응이어서 어깨가 절로 으쓱해졌다.

사실 한국을 향한 관심은 코로나19가 퍼지기 전부터 시나브로 캐나다 사람들 사이에 퍼지고 있었다. 이민 초기만 해도 한국 하면 세월호나 북핵 미사일 같은 무거운 주제부터 떠올렸던 것과는 달리, 최근에는 누구나 부담 없이 즐길 수 있는 것들, 그러니까 한식, K-Pop, 드라마, 패션 등 연상되는 단어가 변하는 것을 확연히 느낄 수 있다. 특히 동양계 주민들의 인적을 찾기 힘든 이곳 캐나다 시골 마을에서조차 동네 토박이들이 한국의 소프트 파워를 즐겨 찾는 모습에 가끔 놀라기도 한다.

한번은 펨브로크Pembroke라는 마을에서 저혈당으로 쓰러진 환자에게 투여할 글루카곤glucagon(혈당을 올리는 호르몬)을 준비하고 있을 때였는데, 환자를 돌보던 요양보호사가 내 이름을 보더니 대뜸 자기 시동생의 성도 김이고 역시 한국인이라면서 한국 음식에 대한 예찬을 쏟아냈다. 자기가 출산한 후에 시동생이 끓여준 "미이역쿡"을 먹고 금방 몸이 좋아졌고, 그 시동생이 만든 "킴팝, 팩킴취, 좝최"가 맛있어서 정신없이 먹다 보니 살이 쪘다며 푸념을 늘어놓기도 했다.

파라메딕 동료들 중에 BTS의 팬클럽인 '아미'가 몇 명 있어서 나도 못 알아듣는 BTS 노래를 쉽게 따라하는가 하면, 컨트리 음악 일색인 이곳 지역 라디오 방송도 K-Pop을 꽤 자주 내보내고 있다. 영화 〈기생충〉이 아카데미 시상식에서 큰 성공을 거둔 후에는 한국 영화만 골라서 보는 동료도 생겼고, 드라마 〈오징어 게임〉이 선풍적인 인기를 끌면서 만나는 동료들마다 나에게 〈오징어 게임〉에 대해 물어왔다. 하루는 내 파트너였던 A가 나에게 뭔가 질문을 하려는 T에게 "오징어 게임 물어보려는 거지? 이 친구도 질리겠다. 그만 좀 물어봐"라고 할 정도였고, 아들 녀석은 친구들과 무궁화 꽃이 피었습니다 놀이를 했는데 "무궁화 꽃이 피었습니다"를 정확한 발음으로 말할 수 있는 사람이 아들뿐이라서 술래만 계속 했다고 했다. 예비군으로도 근무하는 동료 B는 평소 과묵한 편인데 그가 드라마 〈D.P.〉를 보고 와서는 한국군과 캐나다군의 공통점과 차이점에 대해 쉴 새 없이 떠드는 통에 얘가 내가 알던 과묵한 B가 맞는지 헷갈릴 정도였다. 지난주에는 동기 I와 함께 근무했는데 그는 나를 만나자마자 대뜸 이렇게 말했다.

"얼마 전 달고나 커피를 만들었는데 실패해서, 안 그래도 너한테 어떻게 만드는지 물어보려던 참이었어."

그리고 이 시골의 주류 전문점에도 '소주' 코너가 새로 마련되어서 사람들이 K-드라마에서 봤다는 녹색병을 몇 개씩 사가는 모습을 쉽게 볼 수 있다.

오랜 시간 동안 차곡차곡 축적되고, 다듬어지고, 지금의 세련된 형태로 완성된 한국의 소프트 파워와 유무형의 문화 자산들이 캐나다 시골 사람들에게까지 속속들이 전파되는 모습은 무척 반갑고 놀라운 광경이다. 백범 김구 선생은 당신이 꿈꾸던 나라에서 제일 갖고 싶은 건 부력이나 강력이 아니라고 하셨다. 부력은 우리의 생활을 풍족히 할 만하면 족하고 강력은 남의 침략을 막을 만하면 족하다고 하시며 오로지 한없이 갖고 싶은 것은 높은 문화의 힘인데, 문화의 힘은 우리 자신을 행복하게 하고 나아가서 남에게 행복을 주기 때문이라고 하셨다. 거리에 한국산 차가 점점 늘어나고 매장마다 한국산 가전제품이 맨 앞에 전시된 모습을 보는 것도 좋지만, 여기 사람들이나 동료들과 함께 한국 음식을 나눠 먹고, 한국 드라마를 보며 비슷한 감정을 느끼고 나눌 때 가슴이 더 뿌듯해지는 것은 아마 같은 이유일 것이다.

그런데 최근 내가 예상하지 못한 때와 장소에서 또 다른 코리아의 모습을 만나게 된 작은 사건이 있었다.

마약 중에서도 특히 혐오하는 마약을 꼽으라면 바로 LSD이다. LSD는 가루도 아니고, 주사로 투여되지도 않고, 우표보다 작은 종이를 혀로 쓱 핥거나 삼키는 것으로 투여는 끝난다. 물론 그 외에 다른 방법도 있지만 그건 중요한 게 아니므로 여기서는 생략하겠다. 어쨌든 작은 종이로 투여가 가능한 만큼 보관, 유통, 은닉이 쉽고 약효 또한 코카인의 100배, 또 한국에서 히로뽕이라고 부르는 메스암페타민보다 환각 효과가 300배나 강한, 매우 고약한 마약이다. 엊그제 그 LSD에 중독된 환자가 있었다.

현장은 어느 집 지하실이었고 작은 백열전구 하나만이 눅눅한 곰팡이 냄새로 가득 찬 지하를 희미하게 밝히고 있었다.

그곳에는 우리보다 먼저 도착한 경찰관 네 명이 환자를 지켜보고 있었다. 20대 초반의 환자는 우리가 달려갔을 때도 여전히 환각 상태에서 벗어나지 못한 채로 지하실 구석에서 몸을 앞뒤로 흔들며 보이는 대로, 떠오르는 대로 외치고 있었다. 환자는 여전히 환각 상태였지만, 나를 해칠 정도는 아니라고 판단되어 환자에게 다가갔는데 횡설수설하던 이 친구가 나를 보더니 그 와중에도 뭔가 떠오른 듯 그의 이름을 외치기 시작했다. 코리아 하면 떠오르는 세계적인 유명 인사, 코리아는 코리아인데 내가 나고 자란 코리아가 아닌 또 다른 코리아를 대표하는 바로 그의 이름이었다.

"킴청운! 킴청운! 킴청운! 킴청운!"

내 외관과 그의 외관이 멀리서 보면 비슷하게 보일 수 있다는 점, 나 역시 일정 부분 동의하는데 아무리 그래도 그렇지…. 오늘도 조국의 흔적은 캐나다 땅 여기저기로 상쾌하게 퍼지고 있다.

크리스마스, 사랑하는 이들에게 상처받는 날

　　　　　　캐나다에 오래 산 것은 아니지
만 항상 사람들을 살피는 일을 하다 보니 이곳 사람들이 12월
만 되면 평소보다 좀 더 좋은 사람이 되려고 애쓰는 경향이 있
단 걸 알게 되었다. 연말에 몰아서 착한 일을 하면 연중 내내 저
질렀던 못된 짓을 어느 정도 만회할 수 있다고 믿는 것인지는
모르겠으나, 다른 사람을 더 배려한다거나 너그러워지는 것만
큼은 분명해 보인다. 12월 내내 크리스마스 캐럴만 틀어주는 지
역 라디오 방송국도 있는데, 여기서 들려주는 캐럴만 주야장천
듣다 보면 나도 모르게 마음이 몽글몽글해지고 여유로워져서
이게 연말에 착해지려고 애쓰는 사람들을 위한 응원가인가 싶
을 때도 있다.

이런 분위기는 크리스마스이브가 가까워질수록 점점 더 달아오르고 당일이 되면 세상이 온통 사랑과 용서로 가득 차서 마침내 더없이 살기 좋아진 것만 같은데, 안타깝게도 그런 날에도 누군가는 인생에서 절대 겪고 싶지 않은 일을 당하기 마련이다. 다들 행복할 것만 같은 이 크리스마스 시즌에 911 현장에서 아프거나 슬픈 사람들을 마주하는 경험은 매우 이질적이다. 공교롭게도 나는 채용된 첫해부터 지금까지 매년 크리스마스이브 혹은 당일에 근무했는데, 그때마다 크리스마스에만 일어날 수 있지만 정작 크리스마스의 평안한 분위기와는 전혀 맞지 않는 신고가 해마다 반복된다는 것을 알게 되었다. 평소 냉소적인 영국식 농담을 즐기는 27년 경력의 C는 크리스마스를 두고 "사랑하는 사람들로부터 상처받는 날"이라고도 했는데, 그의 말처럼 그날이 되면 유난히 가족들 사이의 일로 911을 찾는 사람들이 많아진다.

크리스마스를 함께 보내기 위해 모이는 가족 중에는 분명 서로 사이가 좋지 않은 집도 있다. 평소 의견이 맞지 않는 식구들, 가족이지만 오랜만에 만나 서먹서먹한 분위기, 그 가운데 말을 섞다 보면 올라오는 해묵은 감정들, 입 밖으로 쏟아내는 가시 돋친 말들은 서로의 마음에 생채기를 남기고, 거기에 술이 들어가면 말로 해결할 수 있는 일이 공권력이 개입해야 할 만큼 커지기도 한다.

2021년 크리스마스이브 근무의 첫 신고도 그런 경우였다. 어머니 집에서 크리스마스이브 만찬 중이던 형제는 아버지 유산을 두고 언쟁을 벌이다 주먹다짐을 했다. 결국 형은 코뼈와 앞니가 부러졌고, 동생은 입술이 터졌다. 우리가 도착할 때까지 두 형제는 싸움을 멈추지 않았고, 결국 경찰관 대여섯 명이 달려든 끝에 둘을 겨우 떼어놓았다. 마른 빵 한 조각을 나눠 먹으며 화목하게 지내는 것이 진수성찬을 가득 차린 집에서 다투며 사는 것보다 낫다는 성경 말씀도 있다는데, 이들은 크리스마스 전날 밤에 이 성경 말씀의 앞부분이 아니라 뒷부분을 따라 한 것이다.

두 번째 신고도 가정 폭력이었다. 교도소에서 막 출소한 젊은 아기 아빠가 아기 엄마를 때렸다는 신고였다. 현장에 가보니 현관문 대신 비닐로 입구를 막은 낡은 집이 보였다. 안으로 들어가자 집 안은 폭탄을 맞은 듯 아수라장이었고, 벽에는 큰 구멍이 나 있었는데 바로 아기 아빠가 아기 엄마를 벽으로 던지면서 생긴 구멍이라고 했다. 첫 번째 현장에서 봤던 그 경찰관 중 한 명이 아기 아빠를 체포했다. 그가 손에 수갑을 찬 채로 경찰차에 탈 때 "교도소로 돌아가기 싫어요!"라며 울면서 외쳤는데 나는 그가 교도소로 돌아가서 자기 아내가 흘린 눈물방울 수만큼 사회와 격리되어야 한다고 생각했다. 죄 많은 인간을 사랑한 나머지 자신을 희생함으로써 그들을 용서하고 구원하려

했던 예수님께서 태어난 날이 불과 몇 시간 앞으로 다가왔고, 사람들은 그날을 맘껏 축하하고 기뻐할 준비가 되어 있었지만 나는 얼굴이 만신창이가 된 젊은 아기 엄마를 보며 사랑과 용서는커녕, 그 젊은 아빠에 대한 분노가 치솟아 올랐고, 그에게 가장 엄한 벌을 내려주십사 신에게 기도했다.

그날 밤 세 번째 신고의 주인공은 크리스마스 파티가 한창이던 집에서 술을 좀 과하게 마셔 넘어진 어느 아주머니였다. 그녀는 이 술 저 술을 섞어 마시고 취기가 돌자, 집 밖으로 몰래 나가 그동안 감춰놨던 마리화나를 한 대 피우고는 기분이 '업' 되셨다. 여기까지는 뭐, 충분히 그럴 수 있다고 치자. 하지만 사건은 그녀가 다시 집 안으로 들어오면서 발생했다. 술도 과했고, 마리화나까지 해서 몸을 못 가눌 정도가 된 그녀는 그대로 앞으로 넘어지면서 얼굴을 마룻바닥에 박았고, 그만 정신을 잃었다. 겨우 정신을 차린 그녀를 현장에 있던 가족들과 손님들이 일으켜 세워 의자에 앉혔는데 이미 앞니가 부러졌고, 입술과 코에서 피가 많이 나서 그들로서는 911에 도움을 요청할 수밖에 없었다. 문제는 그녀가 평소 혈전 용해제를 복용하는 탓에 출혈이 잘 멈추지 않았다는 점이다. 밖으로 보이는 출혈은 둘째 치고 혹시라도 머리 안에서 출혈이 있는지 알 수 없기 때문에 당장 병원으로 데리고 가야 했는데, 아직 술기운이 가시지 않은 그녀는 병원 가기를 한사코 거부하면서 그동안 가슴속에 쌓였던 서러움을 한꺼번에 쏟아내기 시작했다.

"나 병원 안 가. 아무도 날 사랑하지 않아. 아무도 날 신경 쓰지 않아. 이대로 놔둬. 그냥 죽어버릴 거야!"

심지어는 계속 병원에 가자고 재촉하는 다른 가족들과 손님들에게도 "Fuck you!"를 외쳤고, 거기 모인 사람들 앞에서 자기 딸이 새로 사귄 남자친구와 코카인 하는 것까지 다 폭로해버렸으며, 그녀에게 감히 다가가지 못하고 엉거주춤 서 있던 본인의 새 남자친구에게도 "너는 나를 진정으로 사랑하지 않아!"라며 일갈하기까지 했다. 걱정되는 마음에 식구들이 그녀의 전남편을 불렀는데, 이게 그만 작은 불꽃에 기름을 들이부은 셈이 되고 말았다. 무슨 일인가 싶어서 부리나케 달려온 전남편 역시 도움이 안 되기는 마찬가지였는데, 사람들로부터 자초지종을 대충 듣고 나서는 잘 달래기는커녕 "내, 너 그럴 줄 알았다. 꼴 좋네"라며 그녀를 조롱했다. 그걸 들은 환자 역시 "너 때문에 내 인생은 완전히 망가졌어!", "그년 때문에 네 인생 역시 망가질 거야!"라고 악을 쓰며 외쳤다. 무슨 이유로 그들이 이혼했는지 대충 감을 잡을 수 있는 고성과 욕설이 오가는 가운데, 오늘 밤에만 벌써 세 번째 만나는 아까 그 경찰관이 도착했다. 짧은 시간 안에 너무 자주 봐서 정들 것 같았던 그 경찰관은 공교롭게도 이들이 아직 부부였던 시절, 한동네에서 친하게 지냈던 이웃이었다(좁은 시골 마을이어서 한 집 건너면 다 아는 사이다).

옛 이웃을 만나자 행복했던 시절의 기억이 떠올랐는지 또다시 서러움이 폭발한 그녀는 눈물, 콧물, 핏물까지 범벅이 된 채로 울다가 결국 그 경찰관의 설득에 병원으로 가는 데 동의했다.

사실 그 현장에서 나와 파트너 J를 가장 괴롭혔던 것은 환자가 아니라 배고픔이었다. 빵 한 조각 씹을 수 없을 만큼 바빴던 우리는 식탁 위에 풍성하게 차려진 음식에 자꾸만 눈이 갔다. 환자를 병원까지 이송하고 나서 J는 잘 차려진 파티 음식이 너무 먹음직스러워서 남는 게 있으면 좀 싸줄 수 있을지 물어볼까 '생각만' 했다고 고백하듯 말했는데, 솔직히 나도 그때 똑같은 생각을 했었다. 우리가 그 음식을 훔쳐 먹었어도 예수님은 여전히 우리를 사랑하셨을 거라는 나의 말에, J는 베이스로 돌아오는 앰뷸런스 안에서 한참을 웃었다. 우리가 함께 웃었던 그 짧은 시간이 그날 밤 유일하게 크리스마스다운 시간이었다.

이제 자정을 넘어 크리스마스 당일이 되었고, 새벽 1시쯤 네 번째 신고가 들어왔다. 환자는 자살을 암시하는 문자를 먼 곳에 사는 자신의 친구에게 보냈고, 그 친구는 환자가 걱정된 나머지 911에 신고를 했다. 환자의 집에서 아까 봤던 그 경찰관을 또 만났고, 이 환자 역시 바로 직전 환자가 했던 말과 같은 말을 했다. "아무도 날 사랑하지 않아, 아무도 날 신경 쓰지 않아, 이대로 놔둬, 그냥 죽어버릴 거야."

겉으로는 별 이상 없어 보여도 실제 자살 기도를 했는지,

아니면 생각만 갖고 있던 것인지 파악해야 했다. 환자가 흥분하지 않도록 하는 것이 무엇보다 중요했기 때문에 속에서는 짜증과 피곤이 물밀듯이 올라왔지만 겉으로는 세상 둘째가라면 서러울 만큼 나긋나긋하고 자상한 목소리로 자초지종을 물어봤다. 그는 자살하려고 맥주 반 캔에 타이레놀 두 알을 먹었다고 했다. 머릿속으로 '이 사람이 지금 농담하나?' 싶었는데 사정을 들어보니… 죽고 싶은 마음은 있는데 진통제 한 병을 다 먹기에는 무섭고, 그걸 다 먹지 못하는 자신이 한심스러웠다고 했다. 그래서 용기를 내고자 맥주를 반 캔 마셨고 이제 겨우 진통제 두 알을 먹는 데 그쳤다며 서럽게 울었다. 전에도 이와 비슷한 시도를 했지만 번번이 실패했고, 그런 실패를 반복하는 자신이 못 견디게 싫다고 했다. 내 몸뚱이, 내 마음 하나 어쩌지 못하는 거, 당신만 그런 게 아니라고 말하고 싶었지만 크리스마스에 생판 모르는 환자에게 괜히 내 약한 모습까지 드러내 보이고 싶지 않아서 그냥 입을 다물었다.

시계는 이제 새벽 4시를 가리켰고, 잠깐 눈이라도 붙여볼 요량으로 좁은 앰뷸런스 좌석을 최대한 뒤로 젖혔을 때 다섯 번째 신고가 들어왔다. 비포장도로를 달리던 차량 한 대가 길 옆 도랑으로 빠졌다는 신고였다. 급하게 달려갔더니 이미 차 지붕은 완전히 내려앉아 있었고 차 주변 여기저기에 핏자국이 잔뜩 보였다. 검시관을 불러야 하나 고민하면서 일단 차가 빠진 도랑으로 내려가 차 안을 손전등으로 비춰봤는데 그 안에도 피 흘린 흔적만 잔뜩 보일 뿐, 정작 환자는 보이지 않았다. 혹시 차 밑에 깔렸나 싶어서 더 가까이 다가가 "거기 아무도 없어요?"라고 외치니 저 멀리서 "여기예요!"라고 답하는 소리가 들렸다.

환자는 반파된 차 안에서 기어 나와서 우리가 올 때까지 길옆 폐가에 들어가 추위를 피하고 있었다. 그는 차 안에 있는 햇빛 가리개에 이마를 부딪혀서 이마 가죽이 생선회 뜬 것처럼 너덜너덜해졌는데 그것 말고는 다른 외상은 없었고 다만 술 냄새가 심하게 났다. 좀 전에 현장에서 만난 그 경찰을 이번에도 또 만났는데 그 역시 음주 운전이 분명한 것 같다고 했다. 머리 외상 때문에 일단 환자를 병원으로 데리고 가긴 했지만, 술이 깨고 이상 없음이 확인되면 그는 경찰서 유치장에서 크리스마스를 보내게 될 것이었다.

'크리스마스 한번 화끈하게 맞는구나, 그래, 어디까지 가나 함 보자.' 피곤과 짜증이 머리끝까지 차올라서 이제는 '하늘에는 영광, 땅에는 축복' 같은 별 도움 안 되는 소리는 집어치우고 아무 데서나 토막 잠이라도 잘 수 있으면 그곳이 바로 천국일 것 같았다. 바로 그때, 지령실에서 다른 근무조에게 전달하는 신고 내용이 무전을 통해 들려왔다. 아홉 살 여자아이의 심정지였다.

그 신고는 현장과 가장 가까이에서 근무하던 K의 근무조에 전달되었고 그들은 현장으로 출동하기 전 방금 자신들이 들은 게 맞는지 믿기지 않아 다시 무전을 했다.

"Is that nine zero or zero nine?(환자 나이가 90살이에요, 아니면 09살이에요?)"

그날 밤 모든 근무조가 일순간 조용해졌다. 나와 J 역시 잠이 달아날 정도로 정신이 번쩍 들었다. 사실 그날 K와 나는 근무지를 바꿨는데 원래 스케줄대로였다면 그 아홉 살 심정지 환자는 내가 맡았을 것이다. 잠시 후 현장에 도착한 K가 심폐 소생술을 하느라 헉헉대며 외치는 소리가 무전으로 전파되었다.

"현재 심, 심폐 소생… 진, 진행 중… 심장충, 충격 지… 지시 없음."

그녀의 숨찬 목소리 너머로 환자 부모의 울부짖는 소리가 들렸다. 그건 마치 일정한 패턴이나 의미도 없이, 아무렇게나 내질러대는 짐승의 포효와도 같았다. 살짝 듣기만 해도 온몸이 굳고, 소름이 돋으며, 살아 있는 자들은 숨마저 참게 만드는 아이 잃은 부모의 절규.

환자의 집은 아무리 빨리 달려도 병원에서 30분 넘게 걸리는 곳에 위치하고 있었다. 규정상 심정지 환자의 나이가 16세 이하일 경우 모니터상에서 심전도 그래프가 일자로 쭉 그어져도 심폐 소생술을 중단할 수 없다. 병원에서 의사의 사망 판정이 내려질 때까지 심폐 소생술을 계속하면서 가야 해야 했는데 그걸 30분 넘도록 혼자 할 수는 없었다. 그래서 이송 중간에 다른 근무조가 합세하여 심폐 소생술을 교대하고, 에피네프린을 주사하고, 다시 20분을 더 심폐 소생술을 하며 병원까지 달려갔지만 결국 아홉 살 환자는 그녀의 아홉 번째 크리스마스에 사망했다.

이 일을 하는 동안만큼은 크리스마스가 사랑하는 사람들로부터 상처받는 날이라는 C의 말이 맞는 것 같다.

잠든 소 넘어뜨리기

　　　　　　　애초에 이 일을 대단한 희생정
신이나 봉사정신으로 시작했던 것은 아니었다. 처음 채용되었
을 때만 해도 이제 우리 네 식구 적어도 밥 굶을 걱정은 안 해
도 되겠구나 싶었고, 그거 하나만으로도 이 일을 평생 할 수 있
을 것 같았다. 하지만 막상 시간이 지나면서 경력이 조금씩 쌓
이자 나도 이 일을 통해 바라는 게 생기고 말았다. 그것은 다름
아닌 멈췄던 환자의 심장을 되살리는 '라이프 세이빙'을 해보
고 싶어진 것이다. 여태껏 내가 맡은 심정지 환자 중에는 심폐
소생술과 제세동을 거쳐 다시 심장이 뛴 환자들도 분명 있었지
만, 안타깝게도 예후가 좋지 않아서 결국은 이송한 병원에서
모두 사망했다.

이곳 캐나다 온타리오주 동부 지역의 응급구조 기준에 따르면 라이프 세이빙으로 인정받기 위해서는 크게 두 가지 조건을 충족해야 한다. 첫째, 파라메딕의 심폐 소생술과 제세동을 통해 심정지 환자의 심장이 다시 뛰어야 하고, 둘째는 이송한 병원에서 환자가 원래 기능을 회복한 상태로 퇴원할 수 있어야 한다. 이 두 가지 조건이 충족되면 파라메딕의 인증, 자격, 교육 및 서비스 품질 관리 등을 담당하는 주 정부 산하 거점 병원에서 심사를 거쳐 '라이프 세이빙' 인증서와 기장을 수여한다.

동료들이 근무복에 '라이프 세이빙' 기장을 훈장처럼, 그것도 몇 개씩 달고 다니는 것을 보면 솔직히 부러웠다. 내가 부족한 탓일까 자책해 보기도 했고, 난 언제쯤 사람 생명을 구했다고 당당하게 말해보나 싶었다. 더군다나 이웃집 꼬마 R은 나만 보면 "오늘은 몇 명이나 살렸어요?"라고 물어보는데, 그렇지 않아도 라이프 세이빙을 못 해서 가뜩이나 신경 쓰이는 판에 얘는 나만 보면 자꾸 같은 질문만 해대니, 한번은 괜한 자격지심까지 생겨서 그 아이의 질문이 "야, 오늘은 밥값 좀 했냐?"로 들리는 지경에 이르렀다.

그러던 차에 나에게도 그 기회가 결국 찾아오고야 말았다. 처음 지령실에서 전한 바로는 심정지가 아닌 호흡곤란 환자라고 했다. 파트너 R과 내가 현장에 거의 도착할 무렵, 환자의 아내는 양팔을 머리 위로 세차게 흔들며 우리 앰뷸런스를 향해 달려왔는데 그녀가 너무나 저돌적으로 달려오는 바람에 하마터면 우리 앰뷸런스에 치일 뻔했다.

"미세스 M이잖아?"

나와 동갑인 파트너 R이 그녀를 한눈에 알아보았다. R은 그 마을 토박이로서 초등학교부터 고등학교까지 하나로 통합된 가톨릭 학교에 다녔는데 미세스 M, 그러니까 환자의 아내는 R이 다녔던 학교의 행정 직원이었다고 했다. 그녀를 알아본 직후부터 앰뷸런스를 주차할 때까지 그 짧은 와중에 R은 몇십 년이 지난 지금도 그녀에게 쌓인 감정이 남아 있음을 굳이 감추지 않았다.

"나, 저 여자 안 좋아해. 저 여자 때문에 교장실에 여러 번 불려 갔거든…."

텔레비전을 보던 중에 식은땀을 흘리며 숨을 제대로 쉬지 못하는 남편을 어찌어찌 차에 태우고 병원으로 가던 미세스 M은 운전 중에 남편이 의식을 잃자 곧바로 차를 길옆에 세우고 911에 전화를 걸어 도움을 요청했다. 너무나 경황이 없던 나머지 그녀는 자기가 어느 길 위를 달리고 있었는지, 자신이 현재 어디쯤인지 911 지령실 직원에게 제대로 설명하지 못했고 그저 길옆에 이상하게 생긴 큰 나무가 있다고만 말했다. 사실 그런 정보만 가지고 환자의 위치를 파악하는 것은 불가능에 가깝다. 보통은 주소, 하다못해 가로지르는 두 길 사이 어디쯤이라는 정도는 알려줘야 한다. 깜깜한 밤에 이정표도 없는 시골 길 위에서 나무 모양만 가지고 위치를 가늠하는 것은 그 지역 출신이 아닌 나에게 거의 불가능한 일이었다. 하지만 내 파트너 인 지역 토박이 R은 나무 이야기만 듣고 단번에 환자의 위치를 알아냈다.

"나무 모양만 가지고 어디인지 알 수 있어?"

"그 나무, 이름도 있어 이 친구야."

오타와 서쪽에서 앨곤퀸 주립공원에 이르는 넓고 울창한 산림 지역을 오타와 밸리Ottawa Valley라고 부른다. 나의 근무지 인 렌프루 카운티가 자리 잡은 곳이기도 하다. 별다른 오락거 리도 찾기 힘들고 장난감은 더더욱 구하기 힘들 만큼 가난했 던 시절, 이 지역 아이들은 언덕 비탈에 선 채로 잠든 소를 밀어 서 밑으로 굴리는 카우 티핑cow-tipping이라는 장난을 치며 놀 았다고 한다. R 역시 아이스하키용 스케이트를 사기 위해 열한 살 때부터 남의 목장에 나가 돈을 벌어야 했을 만큼 집이 가난 했던 탓에 친구들과 이 지역 산과 들을 뛰노는 것 말고는 할 게 별로 없었고, 카우 티핑도 그런 장난거리 중 하나였다고 했다. 따라서 이곳의 모든 자연환경이 놀이터였던 토박이들에게 우 스꽝스럽게 생긴 나무는 학교나 성당만큼 또렷한 이정표였다. 아마도 R의 유년 시절이 아니었다면 이 환자는 지금 이 세상에 없었을 것이다.

R이 개인보호장구를 챙겨 입을 동안 어텐딩이던 내가 먼저 환자에게 달려갔다. 오타와 밸리의 차디찬 겨울바람이 사정없이 휘몰아치는 도로 위에 환자의 차가 멈춰 있고, 가뜩이나 좁은 시골길 양옆으로는 제설차가 밀어낸 눈이 자리를 차지한 바람에 도로 폭은 더 좁아져 안전한 공간을 확보하기 힘들었다. 게다가 깜깜한 밤에 가로등도 없어서 잘 보이지도 않았다. 앞뒤에서 달려오는 차들이 우리 앰뷸런스가 비추고 있는 경광등을 알아보고 속도를 줄여서 피해 가주면 좋으련만, 그건 순전히 운에 맡길 수밖에 없었다.

환자는 조수석에 앉아 고개를 떨군 채 의식이 없었다. "눈 떠보세요!"를 외치며 가슴 복장뼈 부분을 세게 눌러 통증 반응이 있는지 살폈지만 전혀 반응이 없었다. 곧바로 뇌로 피를 보내는 경동맥을 잡아보니 분명 맥이 뛰는 것이 느껴졌다. 그사이 환자가 '드르렁' 하고 코 고는 소리를 내길래 속으로 '맥은 뛰니까 기도 확보만 잘하고 병원까지 서둘러 가면 되겠구나' 싶었다. 그런데 웬걸, 손목에 맥박을 잡아보자 맥이 느껴지지 않았다. '어라, 안 잡히네?' 다른 손목에도 잡아봤더니 마찬가지였다. '뭐야… 여기도 안 잡혀?' 그래서 다시 경동맥을 잡아보니 방금 전까지 뛰었던 경동맥이 감쪽같이 사라져 버렸다. 그 짧은 사이에 심정지가 온 것이다.

"맥박 안 잡혀! 심정지인 것 같아"라고 파트너 R에게 알려주며 바로 환자를 땅으로 끌어내리려는 찰나, 미세스 M이 "뭐, 맥박이 안 뛴다고?"라고 외치며 환자의 머리채를 움켜쥐고 뒤로 확 젖히면서 뺨을 마구 때렸다. "제발 좀 일어나봐요!" 흥분한 그녀를 떼어낸 후 나는 환자를 뒤에서 껴안아 조수석에서 땅으로 끌어내렸고 환자가 입고 있는 셔츠를 손으로 잡아 뜯은 후 바로 흉부 압박부터 시작했다. 가슴뼈가 두드득 부러지는 느낌이 내 손바닥에 고스란히 전해졌고, 어느새 보호장구를 다 갖춰 입은 R이 환자 가슴에 제세동 패드를 붙였다.

제세동 모니터가 분석한 환자의 심장 상태는 심실세동. 심장이 규칙적으로 힘차게 뛰지 못하고 부르르 떨기만 하는 상태였다. 바로 전기충격을 가했고 환자의 몸이 땅에서 튀어 오를 기세로 꿈틀했다. 곧바로 흉부 압박을 다시 시작했는데 얼마 지나지 않아 환자가 눈을 뜨고 말하기 시작했다.

"아파…. 그만해…." (당연히 아프시겠지요. 제가 방금 선생님 가슴뼈를 뭉갰거든요…)

심정지 후 자발순환(심폐 소생술 중 심장이 자발적으로 움직이며 맥박이 다시 촉지되는 상태)이 왔고 모니터에는 환자의 맥박이 아주 예쁜 정상 리듬을 그리며 뛰고 있었다. 하지만 내가 예전에 맡았던 심정지 환자들처럼 이 환자 역시 언제 또다시 심장이 멈출지 아무도 모르는 일이었다. 그래서 최대한 신속하게 병원으로 옮겨야 했다.

지금 생각해도 그 육중한 환자를 어떻게 둘이서 가볍게 들어 들것으로 옮겼는지 신기할 따름이다. 나보다 조치 가능 범위가 한 단계 더 넓은 ACPAdvanced Care Paramedic인 R에게 어텐딩을 넘기고 병원으로 출발하려는 순간 미세스 M이 다시 막무가내로 끼어들었다.

"렌프루 빅토리아 병원으로 가는 거지?"

"아니에요. 저희는 펨브로크 지역 병원으로 가야 해요."

"안 돼! 우리는 렌프루 빅토리아 병원으로 가는 길이었다고. 거기 이 양반 주치의가 있어."

"이 환자는 이 상황에서 펨브로크로 가게 되어 있어요. 그게 규정이에요. 미세스 M, 이건 여기서 논쟁할 사안도 아니고 그럴 시간도 없다고요!"

R이 미세스 M의 말을 끊고 앰뷸런스 문을 닫으려고 하는데 그녀의 앙칼진 목소리가 들려왔다.

"나중에 이 사람 잘못되면 하느님한테 뭐라고 변명할지 생각해 두는 게 좋을 거야!"

R 역시 지지 않았다.

"그거 알아요? 예전하고 똑같아! 하나도 변하지 않았어!"

현장에서 펨브로크 지역 병원까지는 정상 속도로는 보통 35분이 걸리고, 사이렌을 켜고 최대한 빨리 달리면 20분 안에 도착할 수 있다. 군데군데 얼음이 채 녹지 않은 41번 지방도로를 최대한 빠르게 달리면서도 뒤에 탄 R이 제대로 환자 케어를 할 수 있게끔 안전하게 달리는 일, 그리고 그 와중에 911 지령실, 병원, 앰뷸런스, 이렇게 삼자 간 무전을 주고받는 일은 이제 오로지 내 몫이 되었다. 병원에 도착하니 정확히 20분이 지나 있었고, 응급실 안으로 들어가니 의료진들은 우리를 맞이할 준비를 다 마친 채 모여 있었다. 다행히 환자는 심장이 다시 뛰기 시작한 직후부터 병원 의료진에게 인계할 때까지 안정적인 상태를 계속 유지했고, 이대로 환자가 제 발로 걸어 퇴원한다면 아마도 나의 첫 번째 라이프 세이빙으로 기록될 것이었다.

사실 이건 R과 내가 잘했다기보다 순전히 운이 좋았다고 본다. 연락을 받고 놀란 얼굴로 병원에 들이닥친 환자 가족이 우리를 끌어안고 고맙다며 울먹이는데 어떻게 반응해야 할지 어색하고 부끄럽기만 했다. "운이 좋았을 뿐이에요…"라고 사실대로 터놓고 싶었지만 그렇게 얼렁뚱땅 넘어가는 것도 나쁘진 않을 것 같아서 입을 다물고 가만히 있었다. 무엇보다 그렇게 반강제로 남들의 품에 안긴 느낌이 썩 나쁘지 않았다. (그래도 "우리, 사회적 거리 두기를 해야 해요…"라고 마음속으로는 외쳤다.)

그런데 다시 생각해 보면 단순히 운이 좋았다, 라고 하기에는 뭔가 더 대단한, 쉽게 설명할 수 없고 거부하기도 힘든 커다란 무엇인가가 분명 있었던 듯싶다. 내가 환자의 가슴뼈를 부숴가며 심장을 누르던 순간, 그리고 R이 패드를 붙이고 제세동 버튼을 누르던 순간, 우리 둘이서 그 무거운 환자를 가뿐히 들어 올려 들것에 옮기던 그 순간순간마다 오타와 밸리의 칠흑처럼 깜깜한 시골길, 매섭도록 찬 겨울바람 속에서 우리 어깨에 살포시 내려앉듯 느껴진 따스함, 그것은 분명 신의 손길이었다고 믿는다.

내가 마주해야 하는 숲

　　　　　자기 집 뒷마당에 의식을 잃고
쓰러진 환자는 맥박이 잡히지 않았다. 환자의 얼굴을 쓰다듬으
며 울고 있던 그의 아내에게 "심폐 소생술 포기각서 갖고 계세
요?"라고 물었다. 그녀는 아직 작성하는 중이라 갖고 있는 것은
없다고 했다. 환자가 정상적으로 활동하는 모습을 마지막으로
목격한 것은 한 시간 전이었다. 아직 시강이 형성된 것은 아니
었지만 심폐 소생술을 하기에는 많이 늦은 듯 보였다. "저희가
심폐 소생술 하길 바라세요?"라는 질문에 고개를 몇 번 끄덕이
는 걸로 그녀는 대답을 대신했다. 자신의 심장이 멎었을 때 자
기 몸에 아무런 조치도 취하지 말고 미련 없이 보내달라는 것
이 환자의 바람이었고, 그가 살아 있을 때 아내 역시 동의한 바

였다. 하지만 정작 그때가 닥치자 그녀는 처음 동의한 것처럼 그를 쉽게 놓아주지 못했다. 하지만 그렇다고 해서 누가 그녀를 탓할 수 있을까? 일단 잠시 자리를 비켜달라고 부탁했다. 이미 심정지 상태의 남편을 발견한 것만으로 심한 충격을 받았을 그녀에게 남편의 가슴뼈가 무너지며 쑥쑥 들어박히고 입 안으로 관이 꽂히는 광경은 또 다른 큰 충격으로 다가올 것이 뻔했기 때문이다.

30분 가까이 여러 차례 흉부 압박과 심장 분석을 했지만 심장 박동은 돌아오지 않았기 때문에 거점 병원의 당직 의사에게 사망을 확인받았다. 심폐 소생술이 끝나고 시신이 된 환자 주변을 정리하는데, 자갈밭에 무릎을 꿇은 채 환자 가슴을 누른 탓에 다리를 펼 때 무릎이 조금 (사실은 '무척') 아팠다. 기도를 확보하기 위해 양쪽 어깻죽지 사이에 받혀 놓았던 수건 더미를 빼고, 삽관을 위해 빼놨던 틀니를 생리식염수로 잘 닦아서 다시 입 안에 가지런히 넣어드렸다. 아래턱을 위로 당기고 윗입술을 내린 후 한참을 그대로 있었다. 그래야 더 굳어지기 전에 벌어진 입을 닫을 수 있기 때문이다. 두 눈이 제대로 감길 수 있도록 손바닥으로 눈꺼풀을 감싸고 내린 채 또 한참을 그대로 있었다.

내 흉부 압박은 그리 나쁘지 않았지만 심폐 소생술로 갈비뼈가 무너져 내린 탓에 환자 가슴 한가운데가 웅덩이처럼 움푹

파여버렸다. 가위로 거칠게 잘라놓은 옷을 최대한 잘 모으고 여며서 푹 꺼진 가슴을 가린 후 삼각건 포장에 들어 있는 옷핀으로 고정해 주었다.

정강이뼈에 찔러 넣은 골내정맥주사 카테터가 삐죽 솟아나왔는데 그건 누가 뺐는지 아니면 그대로 놔뒀는지 기억이 나지 않는다. 환자 주변에 어지럽게 널린 각종 기구들의 플라스틱 포장을 깨끗이 정리한 후 마지막으로 하얀 침대보를 환자 가슴까지 덮어주는 것으로 마무리했다. 예쁘게 단장해 주진 못했지만 남은 그의 가족이 최대한 환자를 편히 마주할 수 있도록, 마치 뒷마당에 누워 낮잠을 자고 있는 듯 정리해 주었다. 그리고 집 앞 마당에 주저앉은 채 울고 있던 그의 아내에게 다가가 "이제 가서 작별 인사 나누세요"라고 말했다. 남편에게 다가간 그녀와 그녀의 딸은 서로 부둥켜안고 눈물을 흘리며 "괜찮아⋯. 아빠는 이제 쉬실 수 있을 거야⋯"라고 했다. 남은 가족들이 별다른 걱정, 그러니까 당장 먹고살 걱정 없이 오로지 슬퍼할 수만 있는 것은 어쩌면 축복일지도 모른다. 고인이 살아생전에 남은 가족을 위해 준비를 잘해놓은 것 같았다. 갑자기 방금 사망한 환자가 어떤 삶을 살아왔는지 궁금해졌지만 그걸 캐물을 수는 없었다.

며칠 전 같이 근무했던 M은 다들 기피하는 동료라고 들었다. 사람은 좋으나 실수가 잦고, 가끔 환자들과 언쟁을 벌이는 경우도 있다고 들었다. 심지어 내가 M과 함께 근무한다는 소식을 듣고는 '어떡하냐, 오늘 네 파트너가 그 지경이라서. 암튼 행운을 빈다'라고 문자를 보낸 동료도 있을 정도였다. 그래서 근무 시작 전까지 많이 긴장했으나 직접 만나 이야기를 나눠보니 의외로 그는 나와 말이 잘 통했다.

　무엇보다 나를 놀라게 한 것은 한국에 대한 그의 지식이었다. 김치를 직접 담그고, 김장도 알고 있으며, 직접 재배한 마늘로 한국식 흑마늘을 만들고 있다고 했다. 게다가 한글이 전 세계 언어 중 유일하게 만든 사람과 만든 날짜가 알려진 언어라는 사실과 일제 강점기, 강제노역, 일본군 성노예처럼 한국의 아픈 역사에 대해서도 알고 있었다. 시골 마을 중에서도 외진 곳에 사는 사람치고는 상당히 해박한 역사 지식과 우리 문화에 대한 이해에 나는 무척 감동받았다. 그는 아내와 함께 자그마치 아홉 명의 자녀를 키우고 있는데, 정부에서 나오는 상당 금액의 육아 보조금에도 불구하고 여기저기 들어갈 돈이 많아서 항상 금전적으로 쪼들린다고 했다. 그런 그에 비해 그의 형은 토론토에서 부동산 사업으로 큰돈을 벌었다는데 자신한테 도움은커녕 연락을 해도 잘 받지 않는다고 했다. 그 말을 듣고 "있잖아, 한국에 흥부라는 사람이 있었는데 말이야"라고 말하고 싶은 걸 간신히 참았다.

처음보다 무척 부드러워진 분위기 속에서 그와 이런저런 이야기를 나누며 출동 대기 장소로 이동하는데 앰뷸런스 창밖으로 끝없이 펼쳐진 숲과 그 한가운데로 펼쳐진 널따란 농장이 시야에 들어왔다. 넓고 기름진 목장을 함께 조용히 지켜보던 M이 입을 열었다.

"지금 보는 저 농장하고 목장들 있지? 저거 전부 다 초기 정착민들이 와서 일군 것들이야. 전부 자기가 살던 나라에서는 더는 살길이 없어서 살기 위해 건너온 사람들이라 열심히 사는 것 말고는 할 수 있는 게 없었거든. 안 그러면 식구들이 굶어 죽으니까. 가진 건 씨앗 주머니와 굶는 게 습관이 된 식구들뿐이라서 뭐든 했겠지. 지금 보이는 농장과 목장들은 다 그때 그렇게 만들어진 거야."

그렇다. 그들은 이 더운 여름에도 자신을 내려다보는 울창한 숲을 마주하고 섰을 것이고, 아마 짧은 한숨을 잠깐 내쉬고는 그 아름드리나무들을 한 그루씩 한 그루씩 일일이 베어냈을 것이다. 오로지 사람의 힘만으로 베어내야 했기 때문에 어떤 것들은 몇 시간이 걸렸을 테고, 또 어떤 것들은 며칠이 걸렸겠지. 모기떼와 들짐승들이 우글대는 숲속에서 쪽잠을 자며 투쟁하듯 살았을 것이다. 이렇게 사는 것이 맞는지, 이렇게 하면 앞으로 가족들이 잘 살게 될지 알 수 없는 불안함을 간직한 채 나무를 잘라내고, 남은 그루터기를 뽑아내고, 바위를 파내고, 자갈을 하나하나 골라내서 그 땅에 씨앗을 뿌려 밭을 만들고, 낮은 곳에서 물을 끌어 올리고, 긴 겨울과 세찬 눈 폭풍을 이겨낸 끝에 지금같이 넓고 비옥한 농장을 만들어냈을 것이다.

나 역시 한국에서 실패해서, 혹은 사회가 정한 성공의 기준에 스스로 미치지 못한 탓에, 그리고 내 역량으로는 그 기준을 맞출 자신이 없어서 여기로 왔다. 할 줄 아는 것은 별로 없었지만 뭐든 열심히 하는 것 말고는 다른 수가 없었다. 초기 정착민들이 숲에서 나무를 하나씩 베어나간 것처럼 나에게도 마주해야 하는 나만의 숲이 있을 것이다. 그들이 나무를 베고, 땅을 고르고, 씨앗을 뿌렸던 것처럼 나는 내가 자르고 파내야 하는 나무가 있고 땅과 바위가 있겠지.

누군가 말하길 지금 있는 이곳 말고 다른 곳에 있길 바라는 게 아니라면 지금의 나는 행복한 편이라고 했다. 비록 그 행복이라는 녀석이 매번 다른 표정, 다른 모습으로 살그머니 다가와 아주 잠깐 머물다 사라지는 탓에, 항상 눈을 부릅뜨고 끊임없이 행복을 찾지 않으면 그게 자신에게 찾아온 줄도 모른다고 했다. 그런 관점에서 본다면 나는 지금 있는 이곳 말고는 다른 곳에 있고 싶다는 생각이 들지 않으니 행복한 셈이겠지. 더군다나 다른 곳을 기웃거릴 틈조차 없을 만큼 바쁘니까, 이제 쓸데없는 잡념은 끝내고, 나는 오늘도 나만의 숲을 마주하며 그 안에서 나무를 베고, 땅을 고르고, 돌을 골라낼 것이다. 그게 앞으로 어떤 결실을 가져올지 알 수 없지만 앞서 말한 환자처럼, 그리고 넓은 숲을 비옥한 농토로 가꾼 초기 이민자들처럼, 남은 가족들에게 튼튼한 삶의 터전을 남길 수 있다면 뒤돌아본 내 삶에 많은 아쉬움이 남지는 않을 것 같다.

도움이 필요하세요?

일을 하면서 '아, 이런 걸 할 수 있어서 참 좋다'는 생각이 들 때가 종종 있다. 한국에서 회사에 다닐 때는 이 나라 저 나라로 출장 다니는 것이 좋았다. 2박 3일 말레이시아 출장을 다녀온 다음 날 4박 5일 하와이 출장을 다녀왔고, 그다음 주에는 프랑스와 영국, 그다음 달에는 인도네시아와 말레이시아… 이런 식이었다. 빡빡한 출장 일정 때문에 대부분 정해진 회의장과 숙소만 왕복했지만 장소를 이동하는 동안만이라도 다른 나라의 이런저런 모습을 감상할 수 있어서 참 좋았다.

캐나다에 처음 와서는 일해서 번 돈으로 생계를 유지할 수 있는 것이 좋았다. 이민 올 때 가장 큰 걱정은 뭐니 뭐니 해도 먹고사는 걱정이었는데, 적어도 어떤 식으로든 먹고살 수 있겠다는 자신이 생기자 이곳이 조금씩 좋아지기 시작했다. 학교버스 운전기사로, 그리고 캐나다 포스트의 우편배달부로 일할 때는 예전에 가보지 못했던 동네를 가보고 다양한 사람들을 만날 수 있어 좋았다.

현재의 직업인 파라메딕으로 일하는 중에도 '아, 이 직업 참 괜찮다' 싶은 경우가 있다. 멈췄던 환자의 심장이 다시 뛰어 의식을 회복했을 때도 좋았고, 출혈이 심한 환자나 호흡곤란을 호소하던 환자의 상태가 점차 좋아질 때나, 살 수 있을까 싶은 외상 환자를 신속히 헬기에 실어 보내고 한숨 돌릴 때도 좋았다. 그렇게 삶과 죽음을 오가는 극적인 순간만큼이나 이 직업이 좋을 때가 있는데, 그것은 다름 아니라 "도움이 필요하세요?"라는 사소한 한마디를 사람들에게 주저 없이 건넬 수 있을 때이다. 예전의 나였다면 괜한 오지랖 떤다는 소리를 들을까 봐 선뜻 하지 못했을 말이었다.

엊그제 새벽, 환자 이송을 마치고 베이스로 돌아가던 길이었다. 가을비치고는 꽤 많은 양의 비가 내린 그날은 빗방울이 피부에 닿으면 곧바로 소름이 쫙 돋을 정도로 쌀쌀했는데, 그 빗속을 우산도 쓰지 않고, 웃옷도 입지 않은 채 걷고 있던 한 남자를 발견했다. 언뜻 봐도 정상적인 모습은 아니었다. 앰뷸런스의 속도를 줄여 그 남자 옆에 바싹 갖다 대고 물었다.

"어디로 가는 길이세요? 혹시 도움이 필요하세요?"

그는 울고 있었다. 그것도 벌벌 떨면서… 잠에서 깨어난 곳이 어딘지도 모르겠고 지금도 여기가 어딘지 모르겠다고 했다. 사실 밤 근무를 하다 보면 실오라기 하나 걸치지 않고 돌아다니는 전라의 남녀노소를 은근히 자주 만나게 되는데 적어도 그들은 자기가 뭘 하고 있는지 정도는 알고 있거나 아니면 마약이나 술에 취한 상태였다. 하지만 이 사람은 그 어느 경우에도 해당하지 않았다. '경찰을 먼저 불렀어야 했나…' 잠깐 후회가 되었지만 그럴 여유가 없었다. 그는 이미 퍼렇게 된 입술로 떨고 있었기 때문에 얼른 그를 앰뷸런스로 데리고 들어와서 젖은 옷을 벗기고 담요와 핫팩으로 둘둘 감싼 후 실내 온도를 계속 올리면서 병원으로 향했다. 아마 이 남자는 우리에게 발견되지 않았더라면 폐렴에 걸렸거나 저체온증으로 의식을 잃은 채 어딘가에서 발견되었을 것이다. 분명 예전의 나였으면 그냥 무시하고 지나쳤을 텐데, 이제는 사람들에게 먼저 다가가 도움이 필요한지 묻는 나를 발견할 때마다 내가 참 많이 달라졌다고 느낀다. 한편으로는 누군가를 돕는 일에 약간의 중독성이 있는 것은 아닐지 짐작해 보기도 했다. 나 때문이 아니라 바로 E 때문이었다.

E를 볼 때면 내 짐작이 사실일 수도 있겠다는 생각이 든다. 그는 37년 경력의 베테랑 파라메딕이었고, 내가 일하는 렌프루

카운티뿐 아니라 온타리오주 동부 지역의 파라메딕 역사를 함께했던 산증인이었다. 그랬던 그가 명예롭게 은퇴할 날을 불과 몇 달 앞둔 어느 날, 갑자기 퇴직해 버렸다. 그가 맡았던 환자 때문이었다. 그가 달려가야 했던 마지막 현장은 바로 그의 집이었고, 37년 경력의 마지막 환자는 다름 아닌 갓 태어난 자신의 손녀였다. 생후 한 달이 조금 넘은 아기는 발견 당시 숨을 쉬지 않고 있었다. E가 무슨 정신으로 손녀의 작디작은 가슴을 직접 누르며 병원까지 갔을지 나는 감히 상상조차 할 수가 없다. 출동 가능한 거의 모든 동료들, 그리고 심지어 사무실에 있던 우리 Chief(대장)까지 무전을 듣고 죄다 달려갔지만 아기는 결국 숨을 거두고 말았다. 그리고 E는 그 길로 우리를 떠났다.

그가 다시 모습을 나타낸 것은 몇 달 후였다. 독실한 메노나이트(비폭력주의를 주장하는 그리스도교의 재세례파)의 후손인 E는 누군가를 충분히 도울 수 있으면서도 돕지 않는 것은 죄를 저지르는 것과 같다는 조상들의 가르침에 따라 자신이 직접 환자를 만나지 않으면서도 많은 이들의 생명을 구할 수 있는 일을 찾아냈다. 그것은 바로 헌혈이었다. E는 사람들이 더 적극적으로 헌혈에 동참할 수 있도록 지역 주민들을 대상으로 홍보 활동을 펼치는 일을 맡은 것이다. 넓은 지역에 적은 인구가 띄엄띄엄 흩어져 사는 이곳은 인터넷은 물론 휴대전화 신호조차 잘 잡히지 않는 곳이 많고, 주민들 성향 역시 무척 보수적이라서 SNS를 통한 홍보는 이 지역 사람들에게 잘 먹히지 않았다. 여기서는 얼마나 유명하고 '핫'한지보다 누가 누구네 식구인지가 더 중요하고, 온라인보다는 직접 얼굴을 맞대고 앉아 차를 마시며 안부를 나누는 것이 메시지를 전달하는 데 훨씬 효과적이다. E는 바로 그런 일, 즉 자신이 37년 동안 이 지역 주민들과 다진 끈끈한 관계를 바탕으로 직접 사람들을 만나러 다니며 헌혈에 동참하도록 이끄는 일을 하고 있었다.

그 결과 캐나다 전체 헌혈 가능 인구 중 3~4퍼센트만 적극적으로 헌혈에 동참하는 데 비해 E가 맡은 지역은 그보다 2~3배 더 많은 헌혈자 수를 기록했다. 그는 지역 신문과 나눈 인터뷰에서, 헌혈을 통해 자신이 누군가를 살리는 데 도움이 될 수 있다는 사실 덕분에 비로소 약 없이 잠을 잘 수 있게 되었고, 제대로 숨 쉴 수 있게 되었으며, 마침내 고개를 들고 사람들을 만날 수 있게 되었다고 말했다. 손녀의 죽음 이후, 끊임없이 그를 괴롭히고 갉아먹은 것은 아마도 지독한 죄책감이었을 것이다. 평생 사람들을 돕고 그들의 생명을 구해왔지만 정작 자기 손녀는 구하지 못했다는 죄책감. 조금씩 무너지던 그를 다시 살려낸 것은 그가 그토록 오랫동안 해왔지만 끝내 돌아서려 했던, 타인을 돕는 일이었다. 그는 지금도 시골 마을 여기저기를 누비며 사람들에게 헌혈에 참여해 줄 것을 요청하고 있다.

사람을 돕는 일에 중독성이 있는 게 아닐까 하는 짐작이 사실과 가까울 거라는 생각은 E뿐만 아니라 함께 일하는 동료들로 인해 더 굳어졌다. 월급 받고 하는 일이 그런 일이면서 뭘 그리 유난이냐고 할지도 모르겠다. 하지만 도움의 대상은 업무상 만나는 환자들, 그러니까 911로 도움을 요청한 환자들에 그치지 않았다.

"남편이 집에 혼자 있어요. 이름은 B이고, 도움이 필요한 사람이에요."

현장에 도착한 우리에게 환자는 이 세 문장을 남기자마자 자신의 운전석에서 완전히 정신을 잃었다. 그녀의 차는 길옆 도랑으로 빠지긴 했지만 크게 손상되지는 않았다. 운전자, 그러니까 환자가 끝까지 운전대를 놓지 않고 버틴 덕분이었다. 신속히 환자를 병원으로 옮기긴 했지만 그녀의 뇌에서는 이미 손쓸 수 없을 만큼의 출혈이 있었고, 코마 상태에 빠진 환자는 인공호흡을 통해 겨우 생명을 유지하는 처지가 됐다. 이 모든 것이 신고가 접수되고 채 두 시간도 되지 않은 사이에 벌어진 일이다.

우리가 일을 여기서 멈췄다 하더라도 그것을 탓할 사람은 없었을 것이다. 하지만 동료 M과 K는 결국 이 환자의 집을 찾아가기로 했다. 아픈 사람이 집에 혼자 있다는데 그걸 알고도 모른 척할 수 없기 때문이었다. 게다가 그는 아내가 현재 사망과 다름없는 상태라는 것도 모르고 있을 게 분명했다.

남편의 상태는 생각보다 좋지 않았다. 그는 몸과 마음이 모두 아픈 사람이었다. 발가벗은 몸으로 전동 휠체어에 앉아 있었고 M과 K가 자신을 체포하러 온 경찰인 줄 알고 욕을 해댔다. 아내의 도움 없이 약도, 밥도, 용변도 혼자 해결할 수 없고 이미 수없이 자살 기도를 한 전력이 있는 그를 집에 혼자 둘 수는 없었다.

M은 그 길로 안프라이어 지역 병원으로 달려가 병원 관계자들에게 사정을 설명하고 그를 입원시켰다. 곧 숨을 거둘 아내 곁을 그가 지킬 수 있도록 하기 위함이었다. 그 둘을 같은 병실에 함께 머물게 하려면 우선 그가 병원에 등록된 환자여야 했고, 환자를 다른 병원으로 전원transfer하는 방식으로 그를 아내가 있는 오타와 외상센터로 옮길 수 있기 때문이었다. 그뿐만 아니라 그는 의료적인 치료도 필요한 환자임에 틀림없었다. 그날따라 현장에서는 911 신고가 끊이지 않고 들어왔기 때문에 여유를 두고 앰뷸런스를 운용할 처지가 아니었지만 한 대의 앰뷸런스가 온전히 이 부부를 위해 하루 종일 사용된 것을 두고 불평하는 동료는 아무도 없었다. 누구라도 응당 그리했어야 하는 일이기 때문이었다.

그렇게 아내가 있는 병실로 옮겨진 남편은 아내의 마지막 순간까지 아내의 손을 잡고 있었다고 한다. 그 직후 자기도 부동액을 마시고 따라 죽겠다고 하는 바람에 야단법석 끝에 다른 병실로 옮겨지긴 했지만….

"남편이 집에 혼자 있어요. 이름은 B이고, 도움이 필요한
사람이에요."

머릿속이 피로 가득 차는 와중에도 이 한마디를 누군가에
게 남기기 위해 그녀는 끝까지 정신을 놓지 않았고, 결국 그 덕
분에 남편을 살릴 수 있었다. 그것으로 하늘나라에 있을 그녀
의 마음이 조금은 편안해졌을까? 그리고 그녀의 간절함이 끊
기지 않고 여기저기 닿을 수 있도록 사건 현장으로, 병원으로,
환자의 집으로, 또다시 이 병원 저 병원으로 날아다니듯 옮겨
다닌 M에게 고마울 뿐이다. 같은 직업인으로서뿐만 아니라 한
명의 사람으로서 사람 노릇 하며 산다는 것이 무엇인지 알려주
어서. 그날 신께서 그에게 천사의 날개를 달아주셨다고 생각하
고 있다.

도움을 주는 대상이 비단 사람에만 국한되진 않는다. 환자
를 이송하고 베이스로 돌아오는 시골길 한가운데서 목장을 탈
출한 한 무리의 송아지 떼를 발견한 것은 새벽 3시쯤이었다. 새
벽 시간의 시골길은 속도 무제한 고속도로처럼 변해 차들이 무
서운 속도로 내달린다. 그런 길 한가운데서 송아지에게 다가가
귀에 붙은 노란색 인식표를 확인하고, 애들이 맥그레거 씨네
송아지인지 길 건너 스완슨 씨네 송아지인지 여기저기 연락해
주인을 찾고, 그가 올 때까지 소를 지킨 것은 파트너 K였다.

오타와 시빅 종합병원 응급실에 엉거주춤 서 있는 두 동양인 노부부를 먼저 발견하고 나에게 그들을 도와줄 수 있는지 물어온 것은 그날의 내 파트너 J였다. 그의 말에 응급실 안을 들여다보니 조금 전까지 보이지 않았던 중국인 노부부가 구석에 서 있는 것이 보였다. 특이하게 할아버지는 '새마을'이라는 한글이 새겨진 모자를 쓰고 계셨는데 J는 그것이 한글임을 알아보고 그들을 한국인으로 착각한 것이다.

마침 그날따라 응급실은 백인 일색이었다. 의사도, 간호사도, 메딕들도, 청소부도, 심지어 들것에 누워있던 환자들도 전부 백인…. 그 중국인 노부부는 긴히 할 말이 있는지 지나가는 사람들과 애타게 눈을 맞추려 했고 겨우 간호사를 붙잡고 몇 마디를 건넸지만 아무도 그들의 말을 이해하지 못했다. 간호사가 통역을 부르러 간 사이에 내가 짧은 실력이지만 소싯적 배웠던 중국어로 떠듬떠듬 몇 마디 도와주었는데 그들은 아들에게 전화를 하고 싶어 했다. 정말 별일 아니었지만 J가 아니었다면 그들은 아들과 통화하기 위해 그곳에서 한참을 더 기다렸을 것이다.

우리가 다른 사람들을 위해 대단한 일을 한다고 여기는 이들이 있다. 하지만, 어쩌면 우리는 스스로를 위해 이 일을 하고 있을지도 모른다. 다른 사람을 돕는 과정에서 생채기 나고 찢긴 마음을 겉으로 드러내거나 쉽게 털어놓지 못하고, 그렇다고 위로조차 제대로 받지 못하는 우리들은, 사람들로부터 오지랖 부린다고 핀잔을 들을지언정 스스로 나서서 남을 돕는 자들에게만 허락되는 따뜻함으로 우리의 다친 마음을 스스로 어루만지는 것인지도 모른다. 마치 E가 하고 있는 것처럼, M과 K처럼, J처럼, 그리고 지금도 어딘가에서 사람들에 다가가 "도움이 필요하세요?"라고 묻고 있을 어느 파라메딕처럼….

병원 응급실에서 J는 기분이 좋았다. 그 노부부가 도움이 필요하다는 것을 먼저 발견했고, 적어도 나를 통해서라도 그들에게 도움을 줄 수 있었기 때문이다. 그들과 내가 중국어로 이야기를 나누는 동안 옆에 서서 흐뭇한 미소를 머금은 채(정작 무슨 말을 하는지 하나도 모르면서) 지켜보던 J는 그동안 나에게 배웠던 한국어를 그들 앞에서 한번 써보고 싶었다고, 나중에서야 고백하듯 말했다. 그래서 그랬을 것이다. 내가 그들과 작별 인사를 나누고 헤어지려고 할 때 갑자기 J가 앞으로 걸어 나오더니 그들 앞에 떡하니 서서 그가 아는 유일한 한국어를 큰 소리로 말했다.

"안뇽? 팝 머거써(밥 먹었어)? 운존 초시매(운전 조심해)!"

놀란 눈으로 쳐다보는 그들을 뒤로하고 J는 혼자서 무척 신이 나 있었다. "어때? 잘했지?"라고 묻길래 터져 나오려는 웃음을 혀를 깨물고 참으며 "응, 아주 잘했어"라고 대충 얼버무렸다.

하지만 카운티로 돌아오는 길에 J가 "내가 생각해 보니까 말이야…. 아까 네가 그분들하고 했던 말이 너랑 네 와이프가 하던 말하고 좀 다른 것 같아"라고 말했을 때야 사실 나는 그들은 중국인이며 그래서 중국어로 얘기했다고 그에게 알려주었다.

J는 당장 병원으로 돌아가서 자신이 미친 백인 놈이 아니라는 것을 그분들께 중국어로 말해달라고 빌었지만 우리는 이미 너무 많이 와버렸다. J의 우리말 인사는 아무리 좋게 봐도 오지랖에 가까웠다고 본다.

3부

다시, 집으로

죽음이 침범할 수 없는 것들

나를 비춰주는 환자들

　　　　　　　　그 환자들을 겪고 나서 거울을 보는데 그런 생각이 들었다. 적어도 내 겉모습은 거울에 비춰 볼 수 있어서 다행이라는 생각. 속마음을 비춰주는 거울은 살 수도, 구할 수도 없다. 내 마음이니까 누구보다 내가 제일 잘 안다는 사람이 있다면 축하받을 일이다. 나는 그게 말처럼 쉽지 않았다. 무엇보다 나는 스스로를 속이는 일부터 그만둬야 했다. 내 속마음은 그렇지 않은 걸 알면서도 애써 무시하거나 가급적 드러내려 하지 않았다. 그게 반복되고 쌓이면 나중에는 내 진짜 속마음이 어땠는지 헷갈리게 된다. 그럴 때 자신의 진짜 마음을 비춰 볼 거울이 필요한데 나에게 있어서 그 거울은 환자들일 때가 많았다.

겨울이 한창이던 그날, 나는 삶의 끝을 향해 각기 다른 모습으로 다가가던 세 명의 환자를 만났다. 머리에 외상을 입었던 첫 번째 환자는 헬기를 이용해서 외상센터로 실어 보냈고, 두 번째와 세 번째 환자는 각각 알코올 중독, 그리고 시한부 인생을 사는 말기 암 환자였다. 그날 그 세 환자는 나도 모르는 사이 잔뜩 얽혀 있던 내 마음을 하나씩 풀어주고, 또 비추는 거울이 되어주었다.

첫 번째 환자는 욕실에서 넘어지며 머리를 욕조에 부딪혔고 정신을 잃었다. 혈전 용해제를 복용하고 있던 환자는 가족들에게 발견되었지만 얼마나 오랫동안 그 자리에 그렇게 있었는지 아무도 알지 못했다. 구토, 두통, 어지러움, 뿌옇게 된 시야를 호소하던 그녀는 자신이 어디에 있는지조차 제대로 말하지 못했다. 혈압은 떨어졌고, 맥박은 빨라졌으며 호흡도 불규칙해졌다. 출혈로 인해 뇌내압이 상승하는 신호로 보였기 때문에 최대한 빨리 외상센터로 옮기는 것이 이 환자를 살리는 길이었다.

그래서 헬기를 요청했더니 10분도 되지 않아서 헬기가 환자의 집 앞 농장 한가운데 착륙했다. 꽝꽝 얼어붙은 농장 한가운데 헬기가 뜨고 내리면서 생긴 강한 바람으로 얼어붙은 소똥이 눈가루처럼 햇빛을 받아 반짝이며 온 사방으로 날렸지만 난 기분이 좋았다. 현장에서 가장 가까운 곳에 헬기가 내리고 뜰 수 있는, 응급 환자에게 복된 환경에서 파라메딕으로 일하고 있다는 사실이 좋았고, 맡은 일을 잘 해낸 것 같아서 스스로가 자랑스러웠다. 감사해하는 환자 가족을 보며 좋은 일을 하고 나서 느껴지는 가슴 벅참도 좋았다. 그럴 만한 일이 아니었는데 분수에 맞지 않게, 마치 내가 대단한 사람이라도 된 양 우쭐한 마음까지 들었다.

문제는 두 번째 환자였다. 처음에는 그 환자, 숨이 차서 일어날 수도, 움직일 수도 없다고 지령실에서 전해왔다. 경광등을 켜고 사이렌을 울리며 급히 달려간 환자의 아파트는 복도부터 이미 고약한 냄새로 가득했고, 그 냄새는 눈이 녹으면서 생긴 눅눅한 습기와 엉켜서 더 역하게 느껴졌다. 재작년 여름, 침대에 누운 채 대소변을 보고 그 위에서 며칠을 뒹굴다가 의식을 잃고 발견된 환자가 있었는데, 멀어지는 정신 줄을 가까스로 붙들어 매야 했던 그 악취에 미치지는 못했지만 오물 지옥 같았던 그 현장을 떠올리기에 충분한 냄새였다.

아파트 복도를 걸으며 '오, 하느님⋯. 이 냄새가 환자 집에서 나는 냄새가 아니게 해주세요'라고 기도했지만 급하고 아쉬울 때만 올리는 내 기도에 응답은 없으셨고, 환자 집에 다가갈수록 악취는 점점 더 심해지기만 했다. 문 앞에서 크게 심호흡을 하고 들어선 집 안은 대낮인데도 불구하고 무척 어두웠다. 거실 구석에 있는 낡은 스탠드에서 힘없이 흘러나온 전등 빛만이 바닥에 널브러진 빈 술병들, 맥주캔, 그리고 여기저기 흩어진 담배꽁초들을 비추고 있었고, 환자는 그 쓰레기 바다 한가운데 있는 탁자에 등을 기대고 앉아 담배를 피우고 있었다.

"안녕하세요? 911에 전화하셨죠?"

하지만 환자는 새 담배에 불을 붙이느라 바로 답을 하지 못했다. 불을 밝히기 위해 벽에 붙은 조명 스위치를 켰지만 불은 들어오지 않았다.

"전구 없어."

환자의 첫마디였다. 손전등으로 환자를 비춰보니 올챙이처럼 불룩 솟아오른 배부터 눈에 들어왔다. '복수 때문에 숨이 찼나 보구나…' 환자의 바지는 펑 젖어 있었다. 처음에는 커피를 쏟은 줄 알았다. 하지만 알고 보니 앉은 채 소변을 지려서 젖은 곳이 짙은 갈색으로 보인 것이었다. 아마 간과 신장이 망가져서 제 기능을 못 하는 것이라고 짐작했다. 환자가 바닥에 흘린 소변, 쏟은 술, 그리고 아무 데나 털어낸 담뱃재와 꽁초가 한데 엉켜서 장비와 가방을 내려놓을 곳이 마땅치 않았다. 환자는 거실 바닥에 담배꽁초를 비벼 껐는데 아직까지 불이 나지 않은 것이 신기할 정도였다. 심각한 얼굴로 쳐다보는 우리에게 환자는 별일 아니라는 듯 잔뜩 혀 꼬부라진 소리로 말했다.

"이거, 이거 다 내가 흘린 거야. 오줌에서 커피 같은 게 나오네."

"911에는 숨이 차서 전화한 거지요?"

"응, 나 도움이… 도움이 좀 필요한 것 같아."

"술은 뭘 얼마나 마신 거예요?"

"맥주 조금…."

"그 조금이 얼마나 조금인데요?"

"큰 거… 큰 걸로 서너 캔 정도."

"그리고요?"

"보드카 26온스(약 760밀리리터) 반병하고 럼 남은 거…."

"그리고요?"

"몰라. 기억 안 나."

"마약은요?"

"난, 마약 같은 건 안 해…."

"…."

간단하게 생체 징후를 검사해 봤고, 숨이 차다고 하니 청진도 해봤다. 수치상 큰 이상은 없었고 폐 아랫부분에서 살짝 부글거리는 소리가 들리긴 했지만 숨이 찬 것은 아무래도 복수 때문 같았다. 무엇보다 환자는 자신을 제대로 돌보지 않는 것이 더 큰 문제였다. 그는 알코올 중독이었고 끊임없이 술을 마시며 담배를 피워댔다. 영양가 있고 균형 잡힌 식사를 해본 지 오래된 것은 두말할 나위 없었다. 환자의 치아는 거의 다 썩고 빠져서 말할 때마다 입에서 바람 새는 소리가 났다. 환자는 마약은 하지 않았다고 부인했지만 그것은 확인하기 전까지 알 수 없는 일이었다. 이 환자에 대해 알아갈수록, 그의 삶 속으로 들어가면 들어갈수록 차라리 내가 지금 보고 듣는 것이 사실이 아니었으면 하고 바랄 정도로 환자의 상태는 좋지 않았다.

환자가 의식을 잃었거나 심장이 멈춘 응급 상황은 아니었지만 그를 거기에 그대로 두었다가는 결국 그렇게 발견될 것이 불 보듯 뻔했기 때문에 병원으로 옮겨서 검사와 치료도 받고, 적절한 지원도 받게 해야 했다. 다행인 것은 환자가 스스로 911에 전화를 해서 도움을 요청했다는 점이다. 엎어진 스파게티 통조림에서 흘러나온 내용물이 서랍 사이사이에 끼어 굳은 것을 긁어 걷어내고 그 안에서 마른 속옷과 바지를 찾아 갈아입혔다. 그러면서 살펴본 환자의 피부는 버석버석 말라 있었고 색깔은 거무튀튀했으며 여기저기 멍과 딱지로 가득했다. 혹시 소변줄을 하고 있다가 생식기에 상처가 나서 출혈이 있었는지도 살폈다. 아마 테레사 수녀님이 이런 나를 보셨다면 무척 기특해하시지 않았을까 하는 생각을 하며 환자를 병원까지 잘 이송했다. 그러고 나서 두 시간 정도가 흘렀을 때 출동벨이 울렸고 귀에 익은 주소가 들렸다. 방금 그 환자의 주소였다.

'이거, 장난이지?' 파트너 H는 주소를 듣고 놀란 눈으로 나를 쳐다보며 "뭐야? 설마 또 그 환자는 아니겠지? 아직 병원에 있어야 할 시간이잖아, 그렇지?"라고 했다. 나 역시 설마 하면서도 그사이 그 집에서 다른 일이 생긴 것인지 궁금했다. 하지만 다시 찾아간 집에는 역시 아까 그 환자가 있었다. 그의 말에 따르면 병원에서 아무도 자기에게 관심을 갖지 않아서 그냥 집에 왔다고 했다. 집에 도착할 때쯤 또 숨이 차고 움직이기 힘들어서 911에 다시 전화를 '할 수밖에 없었다'고 했다. 그사이 환자는 술을 꺼내 마셨고 담배를 피웠으며 바지는 또 무엇인가로 젖어 있었다. 그래서 아까 했던 그대로 악취 속에서 다시 바지를 갈아입히고 병원으로 이송했다. 그리고 다시 두 시간 정도가 지나 그 주소에서 또 신고가 들어왔다. 그 환자는… 좋게 표현해서, 요새 보기 드물게 심지가 무척 굳은 환자였다. '그래, 누가 이기나 어디 함 해보자.'

파트너 H는 자리를 박차고 일어나 머리를 쥐어뜯을 기세였고, 당직 간부였던 L은 경찰에 지원을 요청했다. 경찰관 두 명을 대동해서 그랬을까, 아니면 앞서 두 번을 해봐서 그랬을까? 그 환자는 굳이 말하지 않아도 우리가 무엇을 하려는지 다 알고 있다는 듯 생체 징후 검사부터 들것에 옮겨 타는 것까지 우리 움직임에 따라 척척 보조를 맞춰 움직였다.

그렇게 세 번째 가게 된 병원 응급실은 우리가 들어서자 일순간 정적에 빠졌고, 의료진들의 얼굴에는 충격과 분노, 짜증이 여과 없이 드러났다. 그들은 소리만 지르지 않았을 뿐 경악하고 있었다. 그들 누구도 이 환자에게 먼저 말을 걸지 않았고 나 역시 이 환자로부터 빨리 벗어나고 싶은 마음이 간절했다. 결국 아무도 반기지 않는 환자 주변에는 아주 냉랭한 기운만 감돌았는데… 이 환자를 옮길 침대가 마련되는 동안 이상한 느낌이 들어 돌아본 이 환자, 뒤돌아서서 고개를 떨구고 쓸쓸히 흐느끼고 있었다. '아, 씨…. 미안하게 왜 또 울고 그래….'

그런데 나, 저 울음, 낯이 익다. 전에 본 적이 있어….

몇 년 전 비가 억수같이 쏟아지던 어느 가을밤, 오타와 다운타운의 노숙자 임시 보호소에서 신고가 들어왔다. 폭우로 눅눅해진 공기에 술, 담배, 땀, 토사물 냄새가 섞여 비릿한 악취를 풍기고 있던 그곳은 건물 입구부터 복도, 심지어 계단 위까지 아무렇게나 누워 뒹구는 노숙자들로 꽉 차 있었다.

우리가 찾던 환자는 술을 구하지 못하자 술 대신 에탄올이 든 손 세정제와 구강 청정제를 훔쳐 마시고 의식을 잃었다고 했다. 하지만 그 안에 있던 노숙자들 역시 알 수 없는 무언가에 취해 널브러져 있었고 그들의 인상착의 또한 우리가 찾던 환자와 비슷했기 때문에 외관만으로 환자를 찾는 일은 쉽지 않았다. 우여곡절 끝에 가까스로 찾아낸 환자를 챙기느라 정신이 없을 때, 우리 바로 옆에는 무언가에 취한 또 다른 노숙자가 앉아 있었는데 그는 오늘 세 번이나 911을 불렀던 이 환자처럼 어깨를 들썩이며 흐느끼고 있었다. 분명 의식을 잃은 환자를 챙기는 것이 우선이었지만 그 옆에서 조용히 울고 있던 그 사람에게 눈길이 가는 것까지 막을 수 없었다.

그때 그 노숙자와 오늘 이 환자 모두 그게 술버릇인지 아니면 무언가에 대한 후회의 눈물인지 나는 알지 못한다. 하지만 돌아갈 수도 없을 만큼 너무 멀리 와버렸다는 것, 그리고 그 상태로는 가까운 미래에 자신의 삶이 멈출 수 있다는 것 정도는 본인들도 어렴풋이나마 짐작하리라는 것은 알 수 있었다.

다시 돌아와, 세 번째 찾아온 병원 응급실에서 흐느끼는 환자를 똑바로 바라보는 일은 여전히 힘들었다. 자꾸 보고 있으면 내 감정이 표정에 노골적으로 드러날 것 같았고, 금방이라도 입에서 가시 돋은 말이 튀어나올 것만 같았다. 무엇보다 나를 진정으로 괴롭힌 건 하마터면 내가 저 환자처럼 되었을 수도 있다는 일종의 동질감이었다. 내가 참기 힘들 정도로 거북해진 것은 그 탓임이 분명했다.

파라메딕이 되기 전, 북미에 거주하는 한인들을 위한 전화 통역 일을 잠깐 했었다. 당시 나는 아직 학생이었고 두 번째 현장실습을 병행할 때였다. 같은 현장실습을 두 번이나 이수한다는 이유로 그동안 우리 가족의 생활비를 책임지고 있던 학자금 대출을 받을 수 없었다. 그래서 현장실습을 하는 동안 생계 유지를 위해 궁여지책으로 찾은 일이 바로 전화 통역이었다. 고된 현장실습, 각종 퀴즈와 시험, 불투명한 미래, 그리고 식구들

생계를 건사할 돈이 없어서 항상 쩔쩔매고 전전긍긍했던 나는 어느 한인 알코올 중독자가 "나도 내가 이렇게 될 줄은 몰랐어요!"라며 절규하던 것과, 살인적인 병원비 때문에 사업도 망하고 결국 자살을 기도했던 한인 가장이 "내가요, 내가 죽으려고 미국을 왔나 봐요, 허허…"라며 냉소하던 것을 통역하면서 나역시 자칫 잘못하면 저렇게 될 수 있다는 생각에 혼자 소름이 돋았다. 여기 세 번이나 찾아온 응급실에서 어깨를 들썩이며 흐느껴 우는 환자의 모습은 혹시 그게 내가 될까 봐 두려워했던 바로 그 모습이었다.

이 환자를 처음 봤을 때 느꼈던 측은함은 '도대체 왜 이러고 사는 거야?'라는 짜증으로 변했고, 곧이어 '적어도 나하고 내 식구들은 저 꼴 나지 않아서 다행이다…' 같은 안도감으로 옮겨 가더니 결국 내가 '뭔가 되게 잘난 사람'이라도 된 것 같은 별 같잖은 우월감으로까지 발전하고 말았다. 하지만 그 우월감은 얼마 지나지 않아 '네가 잘났으면 얼마나 잘났길래 감히 평가질을 하느냐'는 부끄러움이 되어 돌아왔다.

나라는 인간, 참 치졸하기도 하지…. 불과 얼마 전까지 하루벌어 하루 살며 식구들 끼니 걱정을 하던 내가 그런 값싼 비교질을 통해 쾌감을 얻는, 감정의 자위행위를 했다는 부끄러움이 찾아왔다. 하지만 그것도 잠시, '어떻게 빠져나온 구렁텅이인데 거길 다시 들어간다니 말도 안 되지… 아무렴, 난 절대, 절대로 저렇게 되지 않을 거야'라고 되뇌며 마음속 칼날을 잔뜩 세우고 있을 때, 또다시 출동벨이 울렸다.

세 번째 환자는 내가 2년 전쯤 맡았던 환자였다. 단정하게 쪽 찐 은색 머리, 먼지 하나 없이 깨끗하게 단장된 집, 흰색 식탁보 위에 가지런히 놓인 촛대와 접시, 그리고 집 안에서도 깔끔하게 챙겨 입은 옷차림은 2년 전 모습과 다를 게 하나도 없었다. 단지 달라진 점이라면 그사이 환자는 시한부 선고를 받았고, 한쪽 다리를 잘라냈으며, 한쪽 눈을 잃었고, 가끔 경련을 일으킨다는 것이었다. 이번에는 단순한 경련이 아니라 전신 발작이 왔지만 우리가 도착했을 때 발작은 이미 멈췄고 그녀는 조금씩 의식을 되찾는 중이었다. 하지만 전신 발작 과정에서 환자가 쏟아낸 배설물로 주변은 더럽혀져 있었다. 환자는 나를 보자마자 2년 전 만났던 것을 기억해 내고 예전처럼 따뜻한 미소를 보내주려고 했지만, 아직 가시지 않은 발작의 기운 탓에 우스꽝스러운 미소가 되고 말았다. 그런 상태의 환자를 보며 화가 났다. '이게 뭐야! 그사이 잘 좀 살지…. 더 건강하고, 더 튼튼하게, 남들 보란 듯이 더 잘 살지, 이게 무슨 꼴이야!'

당시 나는 앞으로 더 나은 삶을 살 수 있다고 믿으며, 그 믿음에 수시로 태클을 걸어오는 운명에 맞서 대들 듯이 살던 중이었다. 이민 초기, 끼니 걱정을 할 때보다 살림살이는 분명 나아졌지만 그래도 더 잘 살아보겠다며 악다구니하듯 살던 가닥

이 채 가시지 않았기 때문이다. 파라메딕으로 일하며 만나는 환자 중에는 내가 꿈꾸는 이상적인 삶을 사는 이들이 종종 있는데, 이 환자 역시 '아, 나도 이렇게 살고 싶다'라는 생각이 들게 한 환자 중 하나였다. 은연중 나는 그런 환자일수록 더 잘 살아야 한다는 일종의 기대 같은 것을 하고 있었나 보다. 그래서 그 환자들이 나중에 내 기대와 전혀 다른 삶을 사는 모습을 내 눈으로 직접 확인할 때마다 미래에 대한 내 기대와 믿음이 배신당하는 기분이 들었다. 분명 그것은 내 뒤틀린 욕심이 불러온 잘못된 기대였다. 무엇보다 완벽에 가깝도록 곱고 단정했던 사람이, 다리가 하나 없어지고, 눈이 보이지 않게 되고, 오물에 더럽혀지다 못해 결국 생명까지 사그라드는 모습을 바라보는 것은 정말 슬프고 고통스러웠다.

그런 속상한 마음, 뒤엉킨 감정으로 환자를 똑바로 쳐다보지 못한 채 흔들리는 앰뷸런스 안에서 모니터만 응시하고 있을 때, 갑자기 환자가 손을 가만히 뻗어 내 손등을 살포시 덮듯이 감싸 쥐었다. 얇은 의료용 장갑을 뚫고 내 손등으로 전해진 환자의 온기에 나도 모르게 환자의 손을 포개어 맞잡고 말았는데, 그때 환자가 나지막이 이렇게 말했다.

"괜찮아…. 나도 괜찮아질 거고, 너도 괜찮아질 거야…."

캐나다 시골 마을 길을 덜컹거리며 달리는 앰뷸런스, 그 안에서 시한부 선고를 받은 환자와 굳은 표정의 한국인 이민자

출신 파라메딕이 말없이 서로의 손을 맞잡는 낯선 그림이 그려졌는데, 그 속에서 결국 먼저 울음을 터뜨리고 만 것은 한국인 파라메딕 쪽이었다. 나는 무방비 상태에서 훅 하고 들어온 따스함에 열심히 날을 세우고 있던 마음의 날카로움이 그만 무뎌진 탓에 눈물이 터진 것 같은데, 그 환자가 왜 울었는지는 지금도 알 수가 없다.

병원에 도착하여 운전을 맡았던 파트너 H가 앰뷸런스 뒷문을 열었을 때 눈물바다가 된 우리를 보고 깜짝 놀라길래 한겨울인 것도 잊고 둘러댄답시고 "환절기 알레르기야…"라고 대충 얼버무렸다.

사람의 눈은 앞을 보게 만들어진 까닭에 나 자신보다 다른 사람, 다른 사물이 먼저 시야에 들어올 수밖에 없다. 그래서 스스로를 돌아보려면 외부의 것을 통해 비춰지는 나의 모습을 살펴야 한다. 그날 나는 삶의 끝을 향해 다른 모습으로 다가가는 세 명의 환자를 보았다. 이들에게 비춰진 나는 그냥 쉽게 우쭐해지고, 사실은 약하고, 그저 겁 많은 존재일 뿐이었다. 그걸 가려보려고 혼자 온갖 센 척을 하다가 마지막 시한부 환자에게 딱 걸려버렸다.

나름 굴곡을 겪으며 있는 척, 아는 척, 센 척 하지 않고 있는 그대로, 내 마음에 솔직하게 살아가는 법을 배웠다고 생각했는데 아직 멀었다. 사교성 제로에 가까운 내가 매일 다른 환

자를, 그것도 극한의 상황에서 만나는 직업을 갖게 된 이유에
는 현장에서 만나는 다양한 사람들로부터 나를 비춰 보고 배
우게 해서 부족한 인간, 사람 하나 만들어보려는 하늘의 계획
도 있는 것 같다. 그래서 그날은 나를 비춰주는 환자를 셋이나
만나게 해주시고, 특별히 한 명의 환자를 세 번이나 보게 하셨
나 보다.

괜찮지 않다고 말할 수 있는 용기

　　　　　　　　　　통증은 주관적이다. 911을 찾
는 환자 중에는 '이것이 과연 앰뷸런스를 타고 응급실을 가야
할 정도로 긴급한 상황일까?'라고 생각하게 만드는 이들이 종
종 있다. 내가 직접 경험한 것을 예로 들자면 '정강이에 붙어 있
던 피딱지가 떨어졌는데 아파요'라든가, '머리카락이 손가락에
박혔는데 아프기만 하고 빠지지 않아요' 같은 경우인데, 환자의
말에 의구심이 들기는 하지만 두 경우 모두 환자 본인은 곧 죽
을 것처럼 극심한 통증을 호소했다.

　　통증이 얼마나 심한지 좀 더 정확히 파악하기 위해서는
"얼마나 아파요?"라는 질문보다 "통증을 0부터 10까지 숫자로
나타내면 얼마나 돼요?"라고 묻는 것이 낫다. 그런데 거기에도

맹점은 있다. 수치로 나타낸 통증 역시 여전히 주관적이기 때문이다. 예를 들어, 한창 분만 중인 산모가 자신의 통증을 1이라고 말하고, 가벼운 찰과상 환자는 자신의 통증이 9라고 한다면 그들의 말을 있는 그대로 믿어야 한다. 왜냐하면 통증은 사람마다 느끼는 정도가 모두 달라서 절대적인 비교가 힘들기 때문이다. 이 말인즉, 결국 자신이 얼마나 아픈지 가장 잘 아는 사람은 환자 본인이며 직접 그 상황을(특히 통증을) 겪어보기 전에는 그 사람의 통증이 얼마나 심한지 타인이 100퍼센트 알 수 없다는 뜻이다.

그래서 자신이 얼마나 아프고 힘든지 잘 알고, 그것을 적극적으로 호소하는 일은 어쩌면 자신을 아끼는 방법 중 가장 기본일지도 모르겠다. 다행히 911로 앰뷸런스를 찾는 환자 대부분은 자신의 통증을 호소하는 데 매우 적극적이다. 하지만 그와는 반대로 하루하루 고문 같은 삶을 살면서도 "나, 아파요" 혹은 "도와주세요" 한마디를 하지 못하거나 입 밖에 내기를 거부하는 환자들도 있다. 자살을 시도했거나 자해를 한 환자들이 대부분 그렇다.

파라메딕이 되고 나서 알게 된 것 중 하나는 생각보다 꽤 많은 사람들, 특히 어리고 젊은 사람들이 자해 혹은 자살을 시도한다는 점이다. 대부분의 시도는 젊은 그들처럼 거칠고 서툰 생채기만 몸에 남긴 채 끝나지만 그중 몇몇 시도는 여전히 거칠고 서툴면서도 그들의 목숨을 앗아가기에 충분할 만큼 치명적이다. 살아남은 그들은 여간해서 자신의 상태에 대해 입을 열지 않는다. 나 역시 왜 이런 일이 일어났는지 알아내려고 굳이 애쓰지 않는다. 내가 하는 일은 발생한 사건의 원인보다 현상을 다루는 일이므로 그 선택의 이유까지 굳이 알아내려 하지 않는다. 그저 내가 바라는 것은 내 앞에 있는 이 환자가 오늘만큼은, 적어도 내일까지는, 가급적이면 앞으로 아주아주 오랫동안 같은 시도를 반복하지 않는 것이며, 그것을 위해 지금 내가 할 수 있는 일은 최대한 그들이 받는 외부 자극을 줄여 안정을 되찾도록 돕는 것뿐이다.

내가 현장에서 가장 많이 목격한 자해, 자살 방법은 약물 과다 복용, 목매기 그리고 손목 긋기였다. 그중 손목을 긋는 환자들은 눈에 보이는 정맥만 건드리는 경우가 많았다. 불행 중 다행으로 동맥의 위치를 모르는 경우가 대부분이고('모르는 게 약'이라는 말을 이럴 때 쓰게 될 줄 몰랐다) 정맥에서 나오는 출혈량으로 죽음에 이를 수 있다고 믿기 때문이다.

한번은 이런 일도 있었다. 어린 여자 환자가 손목을 그어 자살을 기도했는데 다행히 그녀는 정맥만 건드렸다. 하지만 태어나서 한 번도 그렇게 많은 양의 피를 흘린 적도, 본 적도 없던 환자는 지레 겁을 먹고 스스로 911에 신고했다. 자신이 정말 죽을 수도 있다고 생각한 그녀는 우리가 현장에 도착하기도 전에 좀 과하다 싶을 정도로 많은 양의 붕대를 스스로 칭칭 감아서 지혈을 완벽히 했고, 심지어 지혈 효과를 높이기 위해 붕대가 어지럽게 휘감긴 손목을 머리 위로 든 채 엉엉 울면서 발견되었다. 살면서 안 좋은 날도 있게 마련이니까 이 정도 해프닝으로 끝나면 차라리 웃고 넘기기라도 하지….

한 환자는 모텔 욕실에서 손목을 그었다. 한여름 에어컨이 고장 난 모텔 안은 무척 더웠다. 그래서였을까? 욕조를 찬물로 가득 채운 환자는 그 안에서 손목을 그었고 찬물로 인해 혈관이 수축한 탓인지 상처가 상당히 깊었음에도 불구하고 금방 지혈되었다. 게다가 일찍 발견된 덕분에 생체 징후도 거의 정상 범위였다. 몸의 때를 씻어내는 욕조 안에서 마음의 짐까지 씻어내면 좋았을 텐데…. 욕조 안은 환자의 피로 검게 물들어 있었고 피 특유의 쇳내가 욕실 안에 은근했다. 그걸 본 파트너는 혼잣말처럼 투덜대며 말했다.

"도대체 영화를 얼마나 본 거야?"

그들에게 함부로 물어서는 안 되는 것 중 하나가 "괜찮아?"라고 배웠다. 그들은 괜찮지 않다. 그들은 나름의 이유로 아프고 살길을 찾지 못해 죽음에서 그 길을 찾으려고 했다. 그 한마디, "나, 괜찮지 않아요! 나, 아파요! 나 좀 도와주세요!"를 외치지 못해서, 혹은 그 말을 들은 누군가가 제대로 귀 기울여 주지 않아서, 사람들은, 특히 어리고 젊은 아이들은 손목을 긋고, 목을 매며, 약을 입에 털어 넣는다.

그 환자는 우리가 치료하는 내내 "I am ok, I am ok"라는 말만 반복했다. 그런데 너. 괜찮지 않아. 방금 너 죽을 뻔했어. 너 괜찮다는 말을 듣고 싶은 게 아니야. 'I am NOT ok'라는 말을 했어야지. 누군가에게 너 아프다고, 너 괜찮지 않다고 말을 해봤니? 하며 다그치고 싶었다. 하지만 자해, 자살 기도 환자 앞에서 늘 그랬듯 나는 입을 꽉 다물고 조용히 내 할 일만 했다.

그런데 돌이켜 보면 그렇게 다그치고 싶던 나는 과연 나 아프다고, 나 괜찮지 않다고 누구에게 먼저 말한 적이 있던가. 그렇지 않았다. 나 역시 괜찮지 않은 적이 많았다. 길을 찾지 못해 혼자 끙끙 앓던 시간들은 불과 최근까지 계속되었다. 반대하는 아내를 억지로 설득해서 온 캐나다 이민 첫해, 최저임금 받는 일을 전전하며 수차례 해고를 당했고, 통장 잔액이 100만 원 밑으로 떨어진 적은 아홉 번 있었으며, 식구들 끼니를 걱정해야 할 만큼 돈이 떨어진 나머지 가재도구를 급히 처분하여 한국으로 돌아가는 방법을 알아본 적도 네 번 있었다. 그때마다 식구들이 밤에 잠들었을 때 나 혼자 차에서 울었고, 머릿속은 '포기'라는 단어로 가득 찼다.

돈보다 아픈 것은 가족들을 향한 미안함, 스스로에 대한 실망, 그리고 이제 더는 어쩔 도리가 없이 나락으로 떨어지는 절망이었다. 그럴 때 누군가가 먼저 "힘들지?"라며 위로의 말

한마디 건네주기를 막연히 바랐지만 세상은 내가 얼마나 많은 밤을 차 안에서 혼자 울며 괴로워하는지, 내가 얼마나 지지리도 못났는지 따위에는 관심이 없었다. 다시 말하지만 통증은 주관적이고 나는 그걸 누구에게도 알리지 않았기 때문이다.

하지만 역설적이게도 내가 힘들다는 사실을 알아봐 준 이는 다른 사람이 아니라 나 자신이었다. 여전히 상황은 나아질 기미가 보이지 않았고, 아침에 눈 뜨면 희망이 보이지 않는 하루가 또 어제와 마찬가지로 이어졌다. 그런데 어느 날, 딸아이가 가져온 학교 숙제가 많은 것을 바꿔놓았다. 그 숙제는 수학 문제 풀기나 영어 단어 암기가 아니라 '자신을 친절하게 대하는 방법을 알아 오기'였다. 나는 그때까지 스스로를 친절하게 대하는 방법은 고사하고 그래야 한다는 것 자체를 모르고 살았다. 어쩌면 나는, 내 아픔을 돌아보지 못하고 스스로를 너무 함부로 대했던 것은 아니었나… 그제야 지푸라기라도 잡아보려고 허우적거리며 컴컴한 골짜기 속으로 추락하고 있는 나를 한 발짝 떨어져 보게 되었다. 그리고 차가 없어질지도 모른다는 생각에 이제 울고 싶을 때 어디로 숨어야 할지를 걱정하던 나의 모습도 마주할 수 있었다. 그리고 든 생각. '너, 참 안됐다….'

스스로를 측은해하고 아끼는 마음에 그런 숨겨진 힘이 있는지 미처 몰랐다. 나를 친절하게 대한다고 해서 어려운 살림살이가 저절로 나아진 것은 아니었고, 내가 느끼던 고통과 어려움의 크기 역시 변하지 않았다. 다만 자신에게 친절함으로써, 내 마음의 크기가 더 자라나 그동안 품었던 슬프고 힘든 감정까지 모두 안을 수 있게 되었다.

내 입으로 누군가에게 힘든 것을 털어놓는 일은 여전히 어색했지만 먼저 터놓고 말하기 시작하니 그제야 사람들은 나에게 다가와 주었다. 그리고 그때부터 놀랍게도, 나를 죽일 듯이 절벽 끝으로 몰아대던 세상은 사람들이 내게 다가와 준 딱 그만큼씩 뒤로 물러났다. 그러자 그 물러난 틈으로 한숨 돌릴 여유도 생겼다. 나중에야 깨달았지만 그 야단법석 중에도 시간은 어김없이 흘러 한때 세상이 너무 밉고 원망스러운 나머지 나를 파괴해서라도 이 세상에 생채기 하나쯤은 남기고 싶던 사납고 모진 나의 마음까지 함께 거두고 지나가 버렸다.

장미가 피어난 줄기에는 가시가 많이 돋아 있다. 행복과 불행 역시 장미꽃과 가시처럼 삶의 줄기마다 함께 존재하는 것 같다. 어쩌면 세상에는 늘 행복한 사람도, 늘 불행한 사람도 없을지 모른다. 끝없이 이어진 가시밭길을 피 흘리며 걷더라도 중간중간 피어 있는 꽃에 더 집중하다 보면 우리는 결국 꽃길만 걸을 수 있지 않을까? 돌이켜 보면 내가 정말 불행했던 시간은 가시밭 같은 인생의 여정 곳곳에 이제 막 피어나거나 피어 있는, 혹은 더 크게 피어날지도 모르는 행복이라는 꽃은 보지 못하고 가시밭길만 탓했을 때였다. 그 길 끝에서 돌아보면, 내가 걸어온 길은 결국 꽃만 가득한 진정한 꽃길이었는데도 말이다.

이제 나는 적어도 도움이 필요할 때 그 사실을 외면하지 않을 만큼의 작은 용기는 생긴 것 같다. 통증은 여전히 주관적이라서 말하지 않으면, 아프다고 외치지 않으면, 도움이 필요하다고 손 뻗지 않으면 달라지지 않는다. 하지만 서툰 몸짓으로나마 아프면 아프다고, 힘들면 힘들다고 말하는 법에 익숙해지려 한다. 그것이 지금까지 사느라 애쓴 나에게, 그리고 앞으로의 시간을 살아내야 할 나에게, 그리고 그 모든 시간을 함께해 준 가족들에게 보내는 최소한의 예의이며, 가시 많은 인생길에 작은 꽃이나마 가꾸고 틔울 수 있는 방법이라고 믿기 때문이다.

오늘을 죽지 않고 살아남았으니 내일이 설령 화나고, 실망하고, 아파하고, 속상해하는 시간일지라도 결국에는 전부 나의 소중한 시간…. 그러니 삶을 멈추는 일은 운명에 맡겨도 되지 않을까? 그것 말고도 너와 나의 삶에는 아직 하지 못한 일들, 피우지 못한 꽃들이 너무나 많으니 말이다.

간절하고 사소한

　　"엘리자베스 여왕 사진이… 하나, 둘, 셋… 저것까지 네 개…."

　"유니온 잭(영국 국기)이 하나, 둘… 세 개…."

　태엽을 감아야 돌아가는 낡은 시계의 톱니바퀴 소리를 들으며 나는 아파트 거실을 가득 채운 왕실 관련 사진, 책 그리고 왕실 문양이 새겨진 찻잔을 세고 있었다. 이곳을 먼지 하나 없이 깔끔하게 관리하던 집주인은 지금 사망한 채 자신의 침대 위에 누워 있고, 그녀의 딸은 발코니에서 담배를 입에 문 채 울면서 누군가와 통화를 하고 있다.

　불과 몇십 분 전까지 어머니와 통화를 했던 딸은 직접 전할 물건이 있어서 잠깐 이곳에 들렀다가 침대 위에 가지런히 누운 채 숨져 있는 자신의 어머니를 발견했다. 딸은 즉시 911에 전화를 걸어 도움을 요청했으나 어머니를 바닥으로 내려 심폐 소생술을 하라는 지령실의 지시를 거부했다. "무서워서 못 만지겠어요!" 그녀가 울면서 한 말이다.

우리가 현장에 도착했을 때 환자는 이미 사망한 상태였다. 하지만 턱이 부드럽게 열렸고, 시신에도 제법 온기가 남아 있어서 불과 얼마 전까지 살아 있었음을 바로 알 수 있었다. 사실 내가 여태껏 만져본 시신 가운데 가장 따뜻했다. 환자를 잘 덮어주고 방을 나와서 무전으로 경찰에 검시관과 함께 와줄 것을 요청했다.

경찰을 기다리는 동안 집 안을 둘러보는데 발코니에서 딸이 울며 누군가와 통화하는 소리가 고스란히 들렸다. 사실 나는 아까 그녀가 했다던 말 "무서워서 못 만지겠어요!" 때문에 마음이 영 언짢았다. 그녀는 방 안으로 들어와 어머니를 볼 엄두조차 내지 못했다. "죽었잖아요." 그녀가 정색을 하며 한 말이다. 그녀는 제 어머니를 어떻게든 다시 살려볼 시도조차 거부한 채 손쉽게(적어도 겉으로 보기에는) 혈육의 끈을 놓아버렸다. 딸은 발코니에서 신경질적으로 담배를 빨아대며 전화기에 대고 욕을 퍼붓고 있었다. 나는 당장 "이리 와"라며 그녀의 손을 채어 잡고 방으로 이끌고 가서 "당신 엄마의 체온이야. 더 식기 전에 손이라도 잡아드려. 그 따뜻함을 기억하면서 당신의 남은 인생을 잘 살아. 그게 이분이 아직까지 식지 않은 이유이고 당신 어머니가 당신에게 주는 마지막 선물일 거야"라고 말하고 싶었는데, 실제로는 상상만 했다, 상상만.

소심한 나는 그저 그렇게 돌아선 딸이 안타깝고, 섭섭하고, 미운 마음에 그녀와 눈을 마주치지 못했다. 아마 그녀도 갑자기 닥쳐온 슬픔과 충격에 워낙 경황이 없어서 그랬을 것이고, 곱게 단장된 장례식용 시신이 아니라 날것 그대로의 시신을 보게 되면 제 부모라도 그럴 수 있을 것이라고, 그냥 그렇게 애써 이해하기로 했다. 여전히 따뜻한 시신에서 어쩌면 살릴 수 있지 않았을까 하는 희망이 느껴져서 나 또한 더 속상했던 것 같다. 이윽고 경찰이 도착했고, 그들에게 현장을 인계하는 중에도 딸은 여전히 발코니에 서서 전화기 속 누군가에게 격한 감정을 쏟아내는 중이었다. 차라리 죽은 어머니라도 붙잡고 그랬더라면….

그날 오후 사륜 바이크를 고치던 50대 남성이 극심한 흉부 통증을 호소했다. 현장에서 바로 심전도를 찍어봤더니 심근경색이 확인되었다. 심장근육에 혈액을 공급해 주는 관상동맥이 막히면 혈액을 통한 산소 공급이 이루어지지 않아 심장근육은 손상되고 곧 괴사한다. 따라서 이 환자의 막힌 관상동맥을 뚫어줄 수 있는 심장 전문 병원으로 신속히 환자를 이송하지 않으면 이 환자는 곧 사망하게 될 것이었다. 일단 혈소판이 서로 들러붙지 않도록 아스피린을 투여했고 니트로글리세린도 투여했다. 그리고 심정지가 발생하면 곧바로 심장 움직임을 리셋할 수 있도록 환자 가슴에 전기 충격 패드를 붙인 후 오타와 심장 센터로 내달렸다.

막 출발했을 때만 해도 환자는 우스갯소리를 할 정도로 상태가 괜찮았다.

"내, 이럴 줄 알았지. 아내 말을 안 들으면 오래 못 산댔는데 내가 그렇네."

그러다가 우리 관할 구역인 렌프루 카운티를 벗어나 오타와 시내로 접어들 때쯤부터 환자가 식은땀을 흘리며 구토를 하기 시작했다. 다시 찍어본 심전도에서는 아까보다 더 뚜렷하게 심근경색이 나타났다. 몇 분 후 환자의 맥박은 분당 40회 밑으로 떨어졌고 혈압과 산소포화도가 아예 잡히지 않았다. '어… 아니야, 아니야… 여기서 이러면 안 되지….' 미치고 환장할 것 같았지만, 그걸 표정에 드러내지 않으려고 애써 침착한 척을 했다. 하지만 숨을 가쁘게 몰아쉬던 환자는 이미 눈치를 챘는지 이렇게 물었다.

"내가 지금 안 좋아지는 거 맞지?"

"네, 그런 것 같네요."

"심폐 소생술인지 뭔지, 그거 하지 말아줘."

"심폐 소생 포기각서를 안 갖고 계시니까 심장이 멈추면 저는 일단 심폐 소생술을 해야 해요."

"와이프하고 얘기를 해야 해. 와이프하고 얘기하고 싶어."

"지금 그거 논의할 때는 아니고요, 다음에 만들어놓으세요."

다음이 없어야 좋은 건데 나도 순간 짜증이 난 나머지 '다음에' 만들어놓으라고 말해버렸다.

"아니, 와이프 목소리 듣고 싶다고."

이 와중에 내 못난 영어가 또 말썽이었다. 지금 수능 영어 듣기 평가를 보면 과연 나는 몇 문제나 맞힐 수 있을까 생각하며 최악의 상황을 대비했다. 바로 삽관하고 인공호흡을 할 수 있도록 필요한 기구들을 꺼내 산소통과 연결했고, 아직은 의식이 있는 환자의 코로 산소를 공급하면서 시속 135킬로미터로 운전 중이던 파트너 K에게 말했다.

"K, 우리 조금만 더 빨리 달려볼까? 이 환자 곧 심정지 올 것 같아."

그리고 환자에게 말했다.

"병원 도착할 때까지만 버텼다가 아내분 직접 뵙고 말씀하세요."

심전도를 한 번 더 찍어봤는데 좀 전보다 더 나빠졌다. 이렇게 빠른 시간 안에 급격히 나빠지는 경우는 아직 못 봤는데…. 조금만 더, 조금만 더…. 애타게 기도하는 사이 차로 꽉 막힌 길을 잘 헤치고 달리던 차가 417번 고속도로 위에서 딱 멈춰 서버렸다. 나는 지금도 우리 앞을 막고 있던 흰색 트럭과 그 트럭 앞으로 뻥 뚫려 있던 길을 생생히 기억한다. 가끔씩 그렇게 작정하고 비켜주지 않는 차들이 있는데, 그런 날은 입에서 아주 자연스럽게 쌍욕 터지는 날이다.

"(우리말로) 저 XX는 뭐야!"

"네가 무슨 말을 했는지는 모르지만 나도 딱 그 마음이야."

파트너 K가 말했다. 다시 까무룩 의식을 잃어가는 환자를 소리쳐 깨우니 눈 뜨자마자 다시 아내를 찾았다.

"와이프하고 얘기하고 싶어."

"병원 다 왔어요. 5분만 더 가면 돼요. 딱 5분만. 5분만 버텼다가 직접 하시라고요."

사실 그렇게 말하는 나 역시 그때까지 이 환자의 심장이 여전히 뛰고 있을지 장담할 수 없었다. 그저 5분 안에는 병원에 도착했으면 좋겠다는 희망 사항을 말한 것에 지나지 않았다. K가 사고를 각오하고 핸들을 꺾지 않았더라면 얼마나 오랫동안 더, 그 길 위에서 천금 같은 시간을 허비하고 있었을지 모른다. 아무튼 그 덕분에 우리는 무사히 심장센터에 도착했고, 병원 도착 전에 미리 무전으로 통보를 했던 터라 의료진들은 우리를 기다리고 있었다. 환자를 옮기면서 의료진과 장비로 발 디딜 틈 없는 그 공간에서 모두가 한꺼번에 들을 수 있도록 큰 소리로 환자에 대한 경과 보고를 하는 것으로 환자 인계를 마쳤다.

방금 폭풍 속에서 간신히 빠져나온 것처럼 K와 나는 진이 빠진 채 병원 계단에 멍하니 걸터앉아 있었다.

"우리, 뭘 좀 먹을까?"

서울이었다면 퇴근하고 공평동 꼼장어집에서 소주라도 한 잔했겠지만 아쉬운 대로 찾기 쉽고 저렴한 팀호튼 커피에 가 도 넛 하나씩을 사서 베이스로 돌아왔다.

오타와에서 내가 일하는 렌프루 카운티로 돌아오는 길은 동서로 뻗어 있다. 마침 붉은 노을이 그 길을 살포시 덮고 있었 다. 난 노을을 바라보며 오늘 만났던 환자들을 떠올리지 않을 수 없었다. 방금 그 심근경색 환자는 아내에게 무슨 말이 그토 록 하고 싶었을까? 분명한 것은 그 부부는 살아서 다시 만나 서 로를 꼭 안아주었을 것이며, 그들에게 일어났던 위태롭던 순간 들을 떠올리며 누군가에게 감사했을 것이고, 또 앞으로의 계획 에 대해 이야기를 나눴을 거라는 점이다.

참 별것 아닌데⋯. 우리가 매일 가족들과, 사랑하는 이들과 스쳐 지나가듯 나누는 사소한 일상일 뿐인데, 신기하게도 삶 의 끝에 다다르면 그런 사소한 일상은 죽기 전 마쳐야 하는 신 성한 의식이 되고 만다. 맞잡은 손에서 느껴지는 온기를, 서로 를 안은 품에서 올라오는 살냄새를, 대화에서 전해지는 안온함 을 인생의 마지막 순간에 더 절실히 간구하는 것은 그것이 숨을 거두기 전에 거쳐야 하는 순서라서가 아니다. 오히려 바로 그런 사소한 일상이야말로 우리로 하여금 행복을 떠올릴 수 있게 해주는 것들이고, 행복했던 기억만큼 우리 삶에서 중요한 건 없기 때문일 것이다. 그래서 사람들은 반복되는 일상을 사느라 바쁘고 정신없는 듯하지만, 사실은 자기의 삶을 행복하게 해주는 것이 무엇인지 은연중 잘 알고 있기 때문에 죽음이 다가왔음을 깨닫는 순간 그 사소함을 애타고 간절하게 찾는 것이라고, 나는 그렇게 믿는다.

그 딸이 어머니의 손조차 잡기를 한사코 거부했던 것이 유독 나에게 불편하게 느껴졌던 이유를 굳이 찾으라면 아직 따스함이 남아 있던 엄마의 손을 잡아볼 수 있었던 마지막 기회, 사소한 듯하지만 사소하지 않은 마지막 순간을 그녀가 정말 아무의미 없이 흘려보냈기 때문이라고, 변명처럼 말할 수 있을 것 같다.

해로

이 나라에 살면서 다양한 형태의 부부를 많이 만났다. 이제 18세를 막 넘긴 어린 부부부터 이민자의 나라답게 출신 국가나 인종이 서로 다른 부부, 그리고 성별이 같은 부부까지. 구성은 제각각이지만 결국 두 사람이 만나 사랑으로 가정을 꾸리고 그 안에서 평생 함께하기를 소망하는 것은 어느 부부나 마찬가지일 것이다.

911 현장에서 만나는 부부의 모습 역시 꽤 다양하다. 아픈 배우자를 앰뷸런스에 태워 보내기 전에 손이라도 한 번 더 잡아보려고 안간힘을 다해 팔을 뻗는 부부가 있는가 하면, 앰뷸런스 문이 닫히는 순간까지 상대방의 아픈 과거와 상처를 들춰내며 소리 지르고 욕하는 부부도 있다. 심지어 아내는 남편에게

도끼를 휘두르고, 그 남편은 야구 방망이로 맞받아친 부부도 있었다. 이렇듯 현장에서 마주한 다양한 모습의 부부들 중에서 가장 기억에 남는 부부가 있다. 부부로 함께 평생을 살며 함께 늙어간다는 것이 얼마나 아름답고 의미 있는 일인지 다시 생각하게 해준 이들의 이야기를 나눠보고자 한다.

69년을 함께한 아내의 배가 복수로 가득 차 부풀어 오르고 호흡까지 가빠지자 할아버지는 아내가 자신보다 먼저 죽을 수 있음을 깨닫기 시작한 듯했다. 할아버지가 할머니를 처음 만난 것은 제2차 세계대전이 끝난 후 유럽 전선에서 돌아온 1949년이었다. 퀘벡주의 어느 영국인 마을에 살고 있던 할아버지는 마을 학교에 새로 부임한 여자 선생님이 무척이나 예쁘다는 소문을 듣고 학교이자 관사로 쓰고 있던 교회로 친구들과 용기를 내어 찾아갔다. 그때 교회 목사관 문을 열어주던 스물네 살 선생님에게 첫눈에 반한 할아버지는 그곳을 몇 번이나 다시 찾아갔고, 결국 할아버지가 선생님에게 마을 구경을 시켜주는 데까지 성공, 이듬해인 1950년 스물다섯 살 아가씨와 스물두 살 청년은 부부가 되어 그 후로 69년을 함께 살았다.

할머니는 계속 학교 선생님으로 일했고, 할아버지는 회계사원, 보험 판매원, 부동산 중개인으로 여러 직업을 전전하며 가족들을 부양했다. 단 한 번도 부유한 적은 없었지만 여섯 자녀를 낳아 화목한 가정을 꾸렸고 현재 세 명의 증손자를 두고 있다고 할아버지는 말했다. 아흔이 넘도록 장수하며 자손들이 잘 지내는 모습을 바라보는 큰 복을 누리고 있었지만, 세월이 너무 많이 흐른 탓이었을까? 언제부터인가 할머니의 건강이 눈에 띄게 악화되더니 병원 치료로는 그 속도를 따라잡을 수 없는 지경까지 이르고 말았다.

우리가 신고를 받고 달려간 그날, 할머니는 혈변을 쏟아냈고, 입으로는 피를 토했다. 할머니를 "나의 어여쁜 당신"이라고 부르는 할아버지의 팔불출성 발언이 아니더라도 벽에 걸린 사진 속 젊은 시절의 할머니는 한참을 넋 놓고 바라볼 정도로 빼어난 미모의 소유자였다. 하지만 그 미모의 아가씨는 지금 아흔이 넘는 할머니가 되어 자신이 쏟아낸 피와 변으로 범벅이 된 채 복수로 부풀어 오른 배를 부둥켜안고 화장실 바닥에 주저앉아 있다. 늙음은, 아름다웠던 옛 모습과 추억을 간직할 최소한의 틈도 허락하지 않으려는 듯 이처럼 잔인했다.

환자의 집에서도, 병원으로 가는 앰뷸런스 안에서도, 병원 응급실에서도 할아버지가 제일 자주 되뇐 말은 "이제 함께 집으로 돌아가게 되면…"이었다. 그 말을 할 때마다 할아버지의 눈에는 금세 눈물이 한가득 고이고 목소리는 갈라졌다. 그날 나의 파트너이자 세 아이의 엄마인 C 역시 할아버지가 그 말을 할 때마다 눈물이 그렁그렁 고이는 모습을 보고 코끝이 빨개졌다. 그러고는 뒤돌아서 천장을 향해 고개를 치켜들고는 간신히 눈물을 참았다.

할아버지는 할머니가 자기와 함께 집으로 돌아갈 수 없음을 짐작했을 것이다. 아마도 그보다 훨씬 이전부터 이런 때가 닥치리라는 것을 알고는 있었지만 굳이 입 밖으로 내뱉지 않고 애써 외면했을 것이다. 아내가 자신보다 먼저 세상을 떠날 수 있음을 인정하는 것은, 지난 69년 동안 늘 그래왔듯이 언제 어디서나, 무슨 일이 있어도 아내만큼은 자신과 함께할 거라는, 마치 신앙과도 같은 한 평생의 믿음을 저버리는 일이었을 것이다. 그것은 주말에 낮잠에서 깨어나 보니 집에 아내가 없다는 것을 알았을 때, '장 보러 가서 아직 안 왔나?' 같은 일상적인 걱정의 차원을 넘어서는, 어쩌면 그에게는 삶의 근간을 뒤흔드는 공포와도 같았을 것이다.

그날 나는 전혀 아름답지 않은 모습에서 가장 아름다운 모습을 발견할 수 있었는데, 그것은 핏물, 똥물을 뒤집어쓴 아내의 주름진 얼굴을 연신 쓰다듬는 할아버지와, 그런 남편을 바라보며 오히려 미안하다면서 자신은 괜찮다고 할아버지를 위로하는 할머니의 모습이었다. 지독한 악취 속에서도 서로를 애틋하게 바라보는 시선을 보며 나는 해로偕老라는 말이 떠올랐다. 부부가 평생을 함께 살며 같이 늙어간다는 건 과연 어떤 의미일까?

아마 그들이 함께한 69년이 매 순간 행복하거나 좋기만 하지는 않았을 것이다. 할아버지의 말처럼 그들은 부유했던 적이 없고, 하는 일마다 잘 풀리지 않았다고 했다. 그 가운데 여섯 남매를 키우는 일이 과연 수월하기만 했을까. 그것은 나와 아내가 현재까지 18년을 살면서 함께 겪었던 일들에 비추어 보아도 쉽게 짐작할 수 있다.

이민 초기, 낯선 환경에 적응하면서 생계를 해결하느라 우리 부부는 닥치는 대로 일을 해야만 했다. 살면서 한 번도 해보지 않은 일들을 하면서 우리는 잔뜩 날이 서 있었고, 툭하면 다투기 일쑤였다. 그렇지 않아도 지쳐 있는 상대방을 더 힘들게 할까 봐 섭섭하고 아쉬운 마음을 선뜻 털어놓지 못하고 꾹꾹 눌러왔지만, 다른 한편으로는 내 배우자만큼은 나의 이런 마음을 알아주길 기대했었다. 그 기대가 충족되지 못할 때면 괜한 트집과 다툼으로 집안 분위기는 가라앉았고 아이들은 불안해했다. 그럼에도 불구하고 아는 사람 하나 없는 이곳에서 결국 서로를 가장 잘 이해하고, 변함없이 편을 들어주고, 기댈 수 있는 사람은 서로밖에 없음을 우리는 너무 잘 알고 있었다. 이제는 적어도 먹고사는 걱정은 덜게 되었지만 더는 젊지 않은 나이가 된 지금, 그 시기를 함께 이겨낸 아내를 바라보면 너무 많은 고생을 시킨 것 같아서 가슴이 저미고 아파온다. 그리고 아내가 없다는 상상을 하는 것만으로도 목에 코코넛 덩어리가 걸린 것처럼 목이 메고 눈물이 고인다. 우리 부부가 18년 동안 겪었던 것이 이럴진대 자그마치 69년 동안 그 부부가 함께 겪어야 했던 삶의 애환은 말로 무엇하랴.

그럼에도 불구하고 나는 그들이 살아온 69년의 세월이 아름다운 여정이었을 것이라 믿는다. 왜냐하면 그 부부는 평생을 함께 살며 같이 늙어가는 일이 얼마나 아름다운 것인지, 그것이 어떻게 가능했는지 말없이 보여주었기 때문이다. 부부가 서로를 아끼고 귀중히 여기는 마음, 서로에게 의지하며 상대가 내 기대를 저버리지 않을 것이라 여기는 마음, 그리고 이런 것들이 부부로서 마땅히 지켜야 하는 도리라고 믿고 실천하는 모습 말이다. 비록 피와 오물과 썩은 내가 진동하는 아수라 속에서 내가 보고, 듣고, 받은 느낌을 온전히 전달할 수 있을 만큼 내 펜 끝은 여물지 못하지만, 그들의 마음이 물결 퍼지듯 번져 옆에서 그들을 바라보던 우리에게까지 은은하고도 분명하게 전해졌음은 감히 말할 수 있다.

아무리 늙음이 곱고 평화로워야 할 황혼의 마지막 장을 잔인하게 오물로 더럽힐지언정 그 정도로는 69년의 세월을 켜켜이 해로한 부부의 사랑을 이길 수 없음을 보여주는 것 같아서 나는 고마웠다. 그것은 우리 부부를 포함하여 부부로 사는 모든 이들에게 어떤 이정표와도 같았기 때문이다. 덕분에 앞으로 나와 내 아내가 약해지고, 겉모습마저 추하게 변할지언정 서로의 옆을 지켜주고, 측은해하며 남은 힘을 다해 아껴주는 한, 우리의 삶 역시 그들처럼 아름다울 수 있다고, 당신 덕분에 내 인생이, 우리의 인생이 너무나 좋았다고 말할 수 있으리라 기대해본다.

어렵고 고달픈 삶을 함께 살아가는 일, 거친 인생길이 마음에 남긴 생채기에 서로 호 하고 입김을 불어 달래주는 일, 서로가 있어 인생이 덜 슬프고, 조금 더 환해지며, 결국 아름다워지는 일. 이것이 내가 찾은 해로의 의미이다.

할머니의 어장 관리

　　파라메딕이 되기 전과 후를 비교해 보면 몇 가지 달라진 점이 있다. 우선 어지간한 상처나 사고에는 그다지 놀라지 않게 되었고, 아내나 아이들이 아프거나 다쳤을 때 "이런 걸로 죽지 않아"라면서 대수롭지 않게 여길 때가 많아졌다. 또 누군가가 쓰러지거나 사고가 났을 때 나도 모르게 몸부터 나가는 것도 파라메딕이 된 후 달라진 점 중 하나다. 무엇보다 가장 큰 변화를 꼽으라면 바로 노인들을 전보다 더 잘 이해하게 됐다는 점이다. 예전보다 경로사상이 투철해졌다거나 노인들을 더 친절하게 대한다기보다는 노인 환자들의 사정을 헤아리고 받아들이는 폭이 좀 더 넓어졌다는 뜻이다.

　　사람이 늙고 병 들면 몸은 제 기능을 못 하게 되고, 때로는 판단력조차 흐려진다. 젊고 성한 사람이라도 작은 상처가 생기면 일상생활에 지장이 생기는 법인데, 하물며 이미 쇠약해진 몸으로 각종 질병을 견뎌야 하는 노인들은 얼마나 힘들 것이며, 그러한 현실을 받아들일 수밖에 없는 당사자의 마음은 오죽할까…. 실제 환자들을 현장에서 만나게 되면 안타까운 마음에 눈물을 참기 힘들 때가 종종 있다.

하루는 허름한 2층 주택에서 혼자 사는 92세 할머니가 넘어졌는데 혼자 일어나지 못한다고 해서 출동한 적이 있다. 아직 한겨울이었는데 얼마나 오랫동안 차갑고 딱딱한 마룻바닥에서 몸을 떨며 누워 있었는지는 아무도 모른다. 할머니의 하의는 소변으로 푹 젖어 있었는데, 아마도 바닥에서 올라오는 한기로 인해 더 춥고 시렸을 것이다.

간신히 일으켜서 병원으로 모시려 했지만 남의 손에 몸을 맡기는 데 익숙지 않은 할머니는 모든 것을 한사코 혼자 처리하고 싶어 했다. 겨우 부축해서 화장실까지 모시고 갔지만 할머니는 변기에 앉기도 전에 엉거주춤 선 채로 소변을 흘렸고 그것은 내 바지와 신발에 고스란히 떨어졌다. 수건을 더운물에 적셔서 할머니의 하체를 닦아줬는데 90년 넘게 할머니를 감싸고 있던 피부는 이제 약해질 대로 약해져서 조금이라도 힘을 주면 곧 벗겨질 것만 같았다. 속옷을 찾아서 갈아입히고, 발도 닦아서 양말을 신겨주고, 잠옷 바지도 찾아서 입혀주었다.

그러면서 슬쩍 둘러본 집 안 가구와 집기는 사람 손길이 마지막으로 닿은 것이 언제인지 가늠할 수 없을 정도로 뽀얀 먼지가 소복이 덮여 있었다. 할머니는 여전히 병원 가기를 거부했고 그녀가 고집을 피울 때마다 나는 애가 탔다. 여기 그대로 두면 할머니가 어떤 모습으로 발견될지 그동안의 경험으로 알 수 있었기 때문이다. 우리가 병원에 가자고 재촉할 때마다 할머니는 자꾸 어딘가를 물끄러미 바라봤는데 그 시선을 따라가다 멈춘 곳에는 할아버지의 사진이 걸려 있었다. 마치 자신이 하려는 말에 사진 속 할아버지도 동의해 주길 바라는 것처럼. 그 사진이 뭐라고…. 그저 먼지로 덮인 액자 속의 낡은 인화지일 뿐인데, 그게 뭐라고…. 거기 할아버지가 서 계신 것도 아닌데….

　　"할머니! 왜 자꾸 할아버지 사진을 보세요?"

　　괜히 울컥한 마음에 환자에게 따지듯 묻고 싶었지만 차마 그러지는 못했다. 한 번도 그런 적이 없었는데 눈물이 쏟아질 뻔했다. 전에는 한 번도 그런 적이 없었는데…. 결국 할머니는 집에 그대로 머무르기로 했다. 겨우 사회복지사를 연결해 줬을 뿐, 우리로서는 더는 해줄 수 있는 게 없어서 이제 그 집을 나와야 했다.

　　현관문을 닫는데 할아버지 사진을 멍하니 바라보며 앉아 있는 할머니가 보였다. 조금씩 닫히는 문에 할머니의 모습이 가려지자 그 집이 커다란 관으로 변한 듯했다. 그래서 그 집의 문을 닫는 것이 마치 관 뚜껑을 닫는 것처럼 느껴져서 문을 세게 닫지도 못했다.

　그 겨울이 지나고 봄이 한창이던 어느 날, 안타깝게만 느껴졌던 노년층 환자를 다시 돌아보게 하는 작은 사건이 있었다. 복통을 호소하는 94세 할머니 환자였는데, 본인이 직접 911에 신고를 했다. 현장에는 환자 말고도 70대 중반의 할머니 두 분이 더 있었는데 알고 보니 근처에 사는 환자의 딸들이었다. 엄마와 딸이 90대와 70대라니, 장수 집안임이 분명했다.

　환자가 밤새 열 번도 넘게 소변을 보느라 잠을 잘 못 잤다고 해서 탈수, 요로감염, 혹은 신부전 등을 염두에 두고 질문도 드리고 간단한 검사도 해봤다. 이미 통증도 사라졌고, 생체 징후도 정상이었지만 연세를 고려해 일단 병원으로 모시려 했다. 그런데 마침 어디선가 백발 성성한 할아버지들이 한 사람 두 사람 들어오는 게 아닌가. 그것도 스스로 운전할 기력이 없어서 다들 손자, 손녀들을 데리고 나타났다. 알고 보니 그 주변에 살고 있는, 환자의 '보이프렌드(남자친구)'들이었는데 심지어 대부분 80대 초중반의 연하였다. 환자는 94세의 연세에도 소위 어장 관리를 하는지 "내가 몸이 좀 안 좋으니까 걱정되면 한번 와 보던가" 하면서 썸 타는 할아버지들한테 죄다 연락을 돌렸고, 그 소식을 들은 할아버지들은 근처 사는 손자, 손녀들을 재촉하여 부리나케 달려온 것이다. 그런데 진정한 승자는 따로 있었으니…. 제일 늦게 나타난 할아버지가 본인이 환자의 파트너라며 환자의 지갑과 핸드폰을 조용히 챙겨서 앰뷸런스 앞자리에 타는 것이다. 환자와 한 이불 덮고 산다는 자칭 파트너가 나타나니 다른 '보이프렌드'들은 입도 뻥긋 못 한 채 물러나고 말았다. 그분들에게 '세상의 절반은 여자예요' 같은 말을 위로랍시고 어설프게 건넬 입장도 아니어서, 자세한 사정은 병원으로 가면서 환자로부터 직접 듣기로 하고 얼른 현장을 떠났다.

병원으로 가면서 할머니에게 증상에 관한 이런저런 질문을 하다가 결국 궁금함을 참지 못하고 조수석에 탄 할아버지와 어떤 관계냐고 넌지시 여쭤보고 말았다. 할머니는 약간 쭈뼛쭈뼛하면서 "남편 죽은 지 오래됐어"라고 딴소리를 했다. 곧이어 "저이와 나는 깊이 사랑하는 사이야. 나한테 정말 잘해"라고 자랑도 했는데, 사실 손자뻘인 내가 봐도 환자는 무척 매력적이었다. 94세의 고령에도 눈빛은 초롱초롱 빛났고, 정성스럽게 말아 올린 은색 머리칼이며 연한 핑크로 칠한 입술은 감히 주름살 따위가 감출 수 있는 자태가 아니었다. 그 정도 매력 있는 분이었으니 시골 할아버지들이 득달같이 달려올 만했지….

노인 환자의 집에 들어가면 벽에 걸린 그들의 옛 사진을 보게 된다. 사진 촬영이 큰 행사였던 시절, 정성을 다해 꾸미고 단장해서 찍은 흑백사진을 액자에 곱게 넣어 보관했지만, 이제 그것들은 낡고 색이 바랜 골동품이 되고 말았다. 하지만 나는 스마트폰으로 순식간에 여러 장을 찍어 보정을 거친 후 인스타그램에 올라가면 '좋아요'가 기계적으로 달리는 사진보다 그런 옛날 사진에 마음이 더 끌린다. 왜냐하면 사진 속 주인공들이 지금의 우리 못지않게 화려하고, 싱그럽고, 젊고, 건강한 시절을 보냈음을 알려주기에 부족하지 않으며, 사진 속 그 젊은이들이 현장에서 마주한 노인이 될 때까지의 긴 여정을 떠올리게 함으로써 과거를 돌아보고 앞으로의 나를 그려보게 하기 때문이다.

때로는 그 사진들이 나에게 무언가 말하려는 듯한 느낌을 받을 때도 있다. 사진 속 인물들은 자신의 젊은 시절을 담고 있는 사진 밑에서 숨이 곧 넘어갈 것처럼 고통스러워하거나, 그 밑에서 넘어지고 일어나지 못해서 그 자리에 대소변을 흘리기도 하고, 또 때로는 그 밑에서 심장이 멎어 뻣뻣이 굳은 채로 발견되곤 한다. 하지만 그 사진들은 나 역시 너희처럼 젊고 싱싱했으며, 너희 역시 나처럼 될 터이니 지금의 나를 제대로 대접하라고 말없이 명령하는 것 같다.

그런 이유로 연세가 들고 육신은 병들었지만 본인만이 갖고 있는 매력만큼은—그것이 비록 어장 관리라 하더라도—잘 지키고 있는 분들을 뵙게 되면 절로 감사해진다. 부디 지금처럼 동네 어르신들의 '자기야'로 아프지 말고 오래오래 살아주시기를.

행복을 찾아서

          16세 소년이 차에 치였다. 친구 집에 놀러 간 여동생을 데리러 가던 길이었다. 그날 이후, 소년은 가슴 밑으로는 움직일 수도, 느낄 수도 없게 되었다. 흉추 11번 밑으로 완전히 마비되었기 때문이다. 57년의 세월이 지난 지금, 열여섯 살 소년은 73세의 노인이 되었고 제대로 써보지도 못했던 그의 몸은 이제 암세포가 갉아먹고 있다.

    하지만 엊그제 그의 문제는 암이 아니라 소변줄이었다. 오랫동안 소변줄이 꽂혀 있던 요도 조직은 닳고 닳아서 이제는 그 플라스틱 구조물을 지탱할 수 없을 정도로 흐물흐물해졌고, 소변은 음낭 주변으로 새어 밖으로 흐르는 지경에 이르렀다. 그의 가족이 911을 찾은 건 그 너덜거리는 조직에 소변줄을 다시 꽂을 수 있는 큰 병원으로 환자를 이송하기 위해서였다.

오타와 종합병원 응급실로 비뇨기과 레지던트와 인턴이 내려왔다. 소변줄만 다시 꽂으면 된다는 말에 해당 과에서는 그들 둘만 내려보냈다. 생식기 밑부분부터 음낭까지 내부 구조가 훤히 보이는 가운데 레지던트는 조심스럽게 소변줄을 찔렀다가 빼기를 수차례 반복했다. 처음부터 마취는 필요 없었다. 어차피 환자는 통증을 느끼지 못했으니까.

오히려 소변줄이 제대로 꽂히지 않아 괴로워한 쪽은 젊은 의사였고 그 모습을 담담하게 내려다본 것은 환자 쪽이었다. 환자의 표정은 마치 만원 지하철 안에서 앞사람이 읽고 있는 신문을 눈치채지 못하도록 어깨 너머 조용히 훔쳐 읽는 사람처럼 조심스러우면서도 초롱초롱했다. 끙끙대는 젊은 의사를 물끄러미 내려다보던 환자의 눈빛이 너무나 담담해서 어떻게 저 순간에 저런 표정과 눈빛이 가능한지 놀라웠고, 나는 한동안 말없이 그의 표정과 밖으로 다 드러난 그의 생식기 내부 구조를 번갈아 가며 쳐다볼 수밖에 없었다.

결국 그 레지던트는 소변줄 꽂기를 성공하지 못했고 끝내 시술을 포기했다. 대신 배변 주머니처럼 복부를 통해 방광까지 관을 삽입하기로 했다. 그것은 환자가 입원해야 한다는 뜻이었는데, 시술이 불편하지는 않았냐는 바보 같은 나의 질문에 그는 아무 일 아니라는 듯이 괜찮다고 했다.

"당연히 괜찮지, 사실 나, 오늘 밖에 나와서 기분이 좋아."

"오늘 밤은 여기서 주무셔야 할 것 같아요. 좀 불편하실 수도 있을 텐데…"

"이게(마비), 그렇게 나쁘진 않아. 아픈 게 별로 없거든…"

"…"

"이게 나한테는 선물 같은 거야."

사고로 마비된 몸으로 인해 통증을 느끼지 못했던 그의 삶은 선물이 아니라 오히려 고통이었을 텐데, 그런 상태를 두고 선물이라고 하는 환자의 말에 나는 뭐라고 대꾸해야 할지 몰라 어색한 미소만 지어 보였다. 어쩌면 그는 57년 전 사고 이후의 삶을 덤으로, 혹은 선물로 여겼을지 모른다. 그것 말고는 내 짧은 생각과 얕은 공감 능력으로 그 담담함을 달리 설명할 방법이 없었다.

다음 날 그를 측은하게 여겼던 마음은 또 다른 암 환자로 인해 약간 바뀌게 되었다. 마비 때문에 통증을 느낄 수 없는 것이 선물과 같다는 어제 그 환자의 말에 어느 정도 수긍을 하게 만든 환자였다. 퇴근을 한 시간 앞둔 오전 6시쯤, 출동벨이 울렸다. 그렇게 달려가서 만난 환자 역시 암 환자였는데, 그의 암은 복부에서 시작하여 간, 폐, 그리고 뼈까지 전이되었고, 매시간 그를 극심한 통증으로 괴롭히고 있었다.

그날 밤도 어김없이 통증은 찾아왔고, 환자는 처방받은 모르핀을 복용했다. 그것으로 어느 정도 통증이 가라앉았다고 생각한 환자는 기다시피 해 겨우 화장실까지 갔지만 거기서 훨씬 더 심한 통증이 찾아오고 말았다. 어정쩡한 자세에서 찾아온 극심한 통증에 환자는 변기 위에 제대로 앉지도 서지도 못했다. 아내가 갖다준 모르핀을 또 복용했지만 통증은 전혀 나아지지 않았다. 아주 약간의 움직임만으로도 비명을 내지를 정도로 통증이 심했기 때문에 환자는 함부로 움직일 수도 없었고, 아내와 딸에게 몸을 기댄 상태로 세 사람은 서지도 앉지도 못한 채 밤을 꼬박 지새웠다. 그 상태로 다섯 시간 동안 사투를 벌인 후에야 그들은 더 센 진통제를 놓아달라고 애원하며 911에 전화를 한 것이다.

환자의 통증을 잠재우는 데 펜타닐 주사 한 대로 충분했다. 통증이 어느 정도 잦아들자 고통으로 일그러진 환자의 표정이 약간 펴졌다. 환자를 해먹에 눕히듯이 침대 시트로 싸안고 들어서 좀 잘 수 있도록 침대까지 옮겨주었다. 그리고 다섯 시간 만에 다시 돌아온 침대에 눕자 그는 흐느끼며 울기 시작했다.

통증이 가라앉은 것에 대한 안도감, 하지만 곧 다가올 더 센 통증에 대한 두려움, 그럼에도 불구하고 자신이 할 수 있는 것은 별로 없다는 무력감이 한데 뒤섞인 눈물이었다. 전직 군장성이던 그는 암과 벌이는 자잘한 전투에서 질 수 있을지언정 결국 그것과의 전쟁에서는 꼭 이기고 말겠다는 의지로 투병을 시작했다고 말했다. 하지만, 예고 없이 찾아오는 극심한 통증에 그의 투병 의지는 무너진 지 오래였다. 이제는 이 고통이 어서 빨리 끝나기만을 애원하는 처지가 스스로도 슬프고 가여웠을 것이다.

그의 서재는 각종 훈장과 상장, 예복을 입은 초상화, 정복과 전투복을 입고 찍은 사진들로 장식되어 있었다. 그중에는 내가 한국에서 근무했던 회사로부터 받은 감사패도 있었다. 넓은 수영장과 테니스 코트까지 갖춘 그의 집 뒤편은 호수에 맞닿아 있었고, 넓은 뒷마당 왼쪽 끝에는 작은 바와 바비큐 시설을 갖춘 개인 모래사장이, 오른쪽 끝에는 커다란 요트가 정박해 있었다. 그가 과거 건강했을 때 어떤 삶을 살았고 무엇을 하며 인생을 즐겼을지 엿볼 수 있는 것들로 인해 그가 현재 겪고 있는 고통은 이 모든 것을 지켜보는 나에게조차 현실이 아닌 듯 느껴졌다. 그것은 어제 만났던 소변줄 환자와 정반대의 상황이기도 했는데, 누군가 내게 삶의 마지막에, 앞서 말한 두 명의 환자 중 어느 쪽의 상황을 고를지 묻는다면 과연 나는 어떤 선택을 해야 할지 갈피조차 잡을 수 없었다.

아마도, 정말로 아마도, 통증에 몸부림치던 그 환자는 그로부터 이틀 후 우리에게 도움을 요청한 또 다른 암 환자의 상황에 비하면 약간 더 나을지도 모른다. 이번에도 배경은 어느 집의 화장실이었다. 하반신에 아무것도 걸치지 않은 그녀는 바닥에 옆으로 누워 있었다. 현장에 도착하면 제일 먼저 환자가 의식이 있는지, 우리와 눈을 마주치고 숨도 잘 쉬는지 전신을 쭉 훑어보는데 환자는 외견상 큰 이상이 없었다. 그래서 방에 있던 담요로 환자의 하반신부터 얼른 덮었는데 그녀가 나를 향해 던진 첫마디는 "나 머리에 혹이 있어요. 곧 죽을 거니까 그냥 가요"였다.

그녀의 첫마디를 좀 더 따뜻하게 받아줬더라면 좋았을 텐데, 그때는 환자의 말에 "아, 그건 잘 알겠는데요. 그래서 오늘 밤 바닥에서 그렇게 주무시려고요?"라고 내뱉듯이 말해버렸다. 자신이 생각해도 그건 좀 아니었던지 내 말에 피식 웃어버린 환자는 자신이 일어나 앉을 수 있도록 돕는 것을 허락해 주었고 나는 그녀를 뒤에서 안아 일으킨 후 벽에 등을 기대고 앉게 했다.

환자가 의지하고 기댄 벽에는 그녀가 가족들과 함께 세계를 여행하며 찍은 사진과 테니스와 골프를 즐기는 사진, 그리고 직접 그린 그림 몇 점이 걸려 있었다. 때로 행복하고 좋았던 시절의 사진이나 기록들은 지금이 얼마나 슬프고 기막힌 상황인지 더 명징하게 깨닫게 해줄 뿐이다.

평안하고 무난했던 그녀의 삶이 산산조각 나기 시작한 것은 불과 몇 달 전이었다. 그해 7월 그녀는 하나뿐인 딸과 딸의 가족을 사고로 잃었다. 딸을 잃은 슬픔이 채 가시기도 전인 같은 해 8월 그녀는 뇌종양 판정을 받았고, 발견 당시 두세 개였던 종양의 수는 11월 들어 11개로 늘어났으며, 남편에게는 치매가 찾아왔다. 그 사이 그녀의 말은 어눌해졌고, 삶에 대한 만족과 자신감으로 활짝 웃던 얼굴 한쪽은 무너져 내렸으며, 한쪽 눈 역시 보이지 않게 되었다. 설상가상 남편은 넘어진 아내를 보고도 돕지 못할 정도로 상태가 나빠졌다. 7월부터 11월까지 불과 넉 달 사이에 연달아 몰아닥친 일련의 비극은 결국 그녀가 한때 누리고 즐기던 삶에 대한 미련을 깔끔히 버리게 했다.

사실 그녀를 병원으로 이송하더라도 지방의 작은 병원에서는 별로 해줄 것이 없었다. 그녀도 그걸 잘 알고 있었기 때문에 더는 이 병원 저 병원 끌려다니며 고통받기보다 그냥 자다가 조용히 죽어 사라지는 것이 소원이라고 했다. 아무리 그래도 거대한 쓰레기통처럼 변한 그 집에 그녀를 그냥 둘 수는 없었다. 한사코 병원에 가기를 고집스럽게 거부하던 그녀의 병원 기록을 살펴보다가 최근 혈액 검사에서 헤모글로빈 수치가 낮아진 것을 발견했다.

"헤모글로빈이 낮아진 것 때문에 어지럽고, 그래서 넘어진 거라면 그 정도는 큰 병원 가지 않고 여기 작은 병원에서도 뭔가 해드릴 수 있을 거예요."

그렇게 겨우 설득해서 그녀를 병원으로 옮겼다. '그 아주머니, 고집도 참…'

그리고 베이스로 돌아와서 평소와 같이 업무 일지를 작성하는데 내 근무복 단춧구멍에 매달려 있는 그녀의 머리카락 한 올이 눈에 띄었다. 아마 좀 전에 그녀를 뒤에서 안아 일으킬 때 붙었을 것이다. 조금 전까지 바닥에 누워 있던 환자에게 거기서 그렇게 잘 거냐고 냉소했던 나는 내 옷에 붙은 그 머리카락을 보자 그만 울음이 터지고 말았다. 마치 '나, 더 살고 싶어요. 제발 붙잡아 주세요'라고 소리 없이 외치는 것 같아서….

일련의 일들을 겪고 나서 나는 한동안 글을 쓰지 못했다. 나는 사람 사는 것은 누구나 다 비슷하다고 생각했다. 운명처럼 삶에 던져지듯 태어난 것도 비슷하고, 사는 동안 더 잘 살아 보려고 애쓰는 것 역시 누구나 마찬가지며, 그러다 예기치 못한 때 생명이 끊기고 삶이 정리되는 것도 똑같다고 생각했기 때문이다.

하지만 사망한 채로 발견된 환자들과 내 눈앞에서 죽어가는 환자들을 마주하면서 삶의 마지막에 선 내 모습을 생각하지 않을 수 없었다. '내 마지막 역시 저런 모습일까?' 하는 생각은 나를 적잖이 괴롭혔다. 사실 그런 생각이 든 것이 처음은 아니었지만 그동안 그런 생각이 스멀스멀 올라올 때마다 때로는 무시하고, 때로는 농담으로 웃어넘기면서 요리조리 잘 피해 다녔다. 그러다가 느닷없이 말기 암 환자가 3단 콤보로, 그것도 갈수록 난이도가 점점 높아지는 세 명의 환자를 3일 연속으로 마주하면서 '뭐가 잘 사는 거고, 뭐가 잘 죽는 거지?' 하는 고민에 사로잡혔다.

돈이 없을 때는 돈이 많아지면 더 잘 살 수 있지 않을까 생각했다. 아픈 환자를 자주 접하다 보니 건강하게 살면 잘 사는 것이라고도 생각했다. 하지만 돈이 많아도, 몸이 건강해도 결국 이 삶의 종착점이 그런 모습이어야 한다면 잘 사는 것이 대체 무슨 소용인가 하는 생각에서 쉽게 헤어나지 못했다. 나는 하루하루 먹고사는 일이 제일 중요한 생활인인지라 그런 일로 마냥 우울해할 여유는 없었다. 하지만 먹고사는 문제를 해결하느라 바쁜 와중에도 그 생각이 문득문득 치밀어 올라올 때면 답도 안 나오는 질문을 스스로에게 묻고, 다시 잠깐 잊었다가 묻기를 되풀이했다. 그러다 문득 떠오른 질문 하나. '내 삶의 끝을 알게 되면 지금이, 그리고 앞으로의 삶이 더 행복해질까?'

행복이 닳아버린 요도 조직을 되살려 소변줄을 단단히 지탱해 주는 것도, 한밤중에 찾아온 통증을 말끔히 사라지게 하는 것도, 노년에 몰아닥친 일련의 비극을 막아주는 것도, 암 덩어리를 말끔히 없애서 영생을 허락하는 것도 아니다. 하지만 나는 지금, 삶의 끝에 닿기까지의 과정을 생각해 본다.

토머스 제퍼슨이 쓴 미국 독립선언서에는 인간으로서 양도할 수 없는 권리inalienable rights 중 하나로 행복을 추구할 권리pursuit of happiness가 있다고 한다. 생명과 자유처럼 사람으로서 마땅히 누려야 할 기본 권리에 행복권이 아니라 행복추구권을 명시한 이유는 굳이 토머스 제퍼슨을 언급하지 않더라도 내가 맡았던 환자 세 명이 잘 알려주었다. 적어도 우리는 지금 성한 몸을 자유자재로 움직이면서, 극심한 통증에 엉거주춤한 자세로 화장실에 갇혀 밤새 떨 일도 없고, 자는 동안 고통 없이 죽기만을 바라는 것 또한 아니니 이제 남은 것은 주어진 삶의 순간마다 크고 작은 행복이 자주 깃들 수 있게 애써보는 것.

물론 이제껏 그래왔듯 앞으로의 내 인생도 뜻대로 되지 않을 수 있고, 내가 바라고 희망하는 그런 종류의 행복이 손쉽게 주어지지는 않을 것이다. 그래도 원하고 바라는 것을 그저 원하고 바라기만 하는 데 그치지 않고, 몸을 움직여 뭔가 시도해 볼 수 있다면 그것만으로도 사람으로서 양도할 수 없는 고귀한 권리라잖는가.

지금은 무언가 큰 깨달음이라도 얻은 듯 이렇게 주절거려도 분명 얼마 못 가 까맣게 잊어버릴 게 뻔하다. 하지만 앞으로 언젠가 내가 주어진 하루에 감사할 줄 모르고 행복해지는 데 게을러진다면 지금 반성문처럼 쓰는 이 글이 내가 얼마나 행복해질 수 있고, 우리는 왜 행복해야 하는지 다시 일깨워 줬으면 하는 바람이다.

죽음으로 가는 길을 에스코트하다

파라메딕은 원래 장의사에게 시신을 옮겨주는 일에서부터 시작되었다고 한다. 물론 환자를 병원으로 옮기는 일도 했지만 당시 그것은 수지타산에 맞는 일은 아니었다. 지금 같은 공중보건 시스템도 없고, 병원이라고 해봐야 의사 개인이 운영하는 작은 의원이 전부였던 그 옛날, 환자를 의원으로 옮기고 의사로부터 받는 돈은 고작 1~2센트 정도였다면 시신을 장의사로 옮겨주는 일은 그 두 배가 넘는 5센트를 받는 식이었기 때문이었다. 따라서 그 옛날의 파라메딕에게는—사실 파라메딕이라는 단어조차 존재하지 않던 시절이었지만—환자를 의원으로 옮기는 것보다 시신을 장의사로 옮기는 것이 조금이라도 '남는 장사'였다. 그래서 환자가 사망이

임박해 보일 경우 곧바로 의원으로 가지 않고 숨질 때까지 제자리를 빙빙 도는 경우도 있었다는데, 상당수의 경우 죽지는 않고 계속 고통을 호소했기 때문에 금방 죽을 사람이 아니라면 아예 제대로 살려서 의원이라도 데리고 가자는 생각에 이송 중 이런저런 치료를 시도한 것이 파라메딕의 기원이라고 배웠다.

지금의 파라메딕은 현장으로 달려가 환자의 상태를 최대한 정상 범위로 끌어올리고 그것을 유지하는 동시에 신속하게 환자를 병원으로 이송하는 의료인으로 자리를 잡았지만(적어도 내가 살고 있는 캐나다 온타리오주만큼은), 때로는 그 옛날처럼 사람이 죽을 곳으로 환자를 옮기는 일, 조금 거창하게 표현하자면 삶의 현장에서 죽음의 현장으로 이어주는 일을 여전히 맡고 있다. 병원에서 호스피스 시설로 환자를 옮기는 것이 바로 그런 경우다. 엊그제도 그런 환자가 있었다. 폐암 말기의 환자를 호스피스 시설로 이송하는 일이었는데 그 환자의 어텐딩은 파트너인 T가 맡았고 나는 운전을 했다.

죽음을 앞두고 연명 치료 혹은 통증 완화 치료를 받는 환자들은 이전에도 여러 번 맡은 적 있었다. 그들 대부분은 무척 차분했는데 그것은 죽음을 온전히 받아들이기로 마음먹은 탓도 있지만, 다른 한편으로는 자신을 죽이려는 질병과 치열하게 싸우는 과정에서 몸과 마음이 극도로 지친 탓도 있었다. 그래서 이 환자를 처음 봤을 때도 그런 사람 중 하나일 것이라 짐작했다. 하지만 그는 첫인상부터 같은 조건에 있는 다른 환자들과 좀 달랐다. 그는 기력이 없는 가운데서도 마치 오래 기다린 손님을 마중 나온 듯 밝고 반가운 기색이 역력했기 때문이다. 그래서 나와 내 파트너 T는 좀 당황스러웠다. '지금 죽으러 호스피스 가는 게 맞는지 확인해야 하나?'라고 묻고 싶어질 정도로….

나는 다행히 운전을 맡았기 때문에 그런 당혹스러움을 환자 앞에 드러내지 않고 감출 수 있었다. 호스피스 시설까지는 20분 정도 걸리는 짧은 길이었지만 가는 내내 파트너 T와 환자는 끊임없이 이야기를 나누었으며 간간이 웃음소리까지 들렸다. 나는 이송 중 만약의 경우를 대비하여 운전석에 부착된 CCTV 모니터를 통해 뒤편 상황을 주시하고 있었는데, 모니터 화면을 통해 느껴진 분위기는 호스피스로 가는 앰뷸런스가 아니라 일상의 가벼운 담소가 오가는 작은 카페 같았다. 그들의 대화는 환자가 마지막을 준비할 방에 도착할 때까지 계속되었는데 그곳에 다다르자 환자가 웃으며 말했다.

"여기 오는 데 76년이나 걸렸어, 하하."

환자를 침대까지 옮기고 난 후 우리가 자리를 뜨려고 하자 환자가 T의 손을 꽉 붙잡고 말했다.

"오늘 대화 즐거웠어, T. 나중에 또 보자고."

앰뷸런스로 돌아온 후 T는 한동안 말이 없었다. 한참이 지나서야 그는 자기 속마음을 쏟아내기 시작했다.

"난, 어린아이들하고 연명 치료를 받는 사람들을 환자로 받을 때가 제일 부담스러워. 특히 이 사람들은 병원에서 더는 해줄 게 없어서 죽으러 가는 거란 말이야. 본인들도 잘 알아. 그런데 다들 차분하다고. 그런데 이 환자는⋯. 물론 이 환자 역시 차분했지만 오히려 이 세상에 살아남아 있을 나를 위로하는 것 같았어. 난 그게 기분이 더 안 좋아. 우리가 하는 일은 사람을 살리는 일인데 이건 마치 죽는 걸 도와주는 일 같잖아."

그의 말은 계속 이어졌다.

"난 보통 이런 환자들 맡으면 내가 할 수 있는 것은 다 해주려고 해. 웃긴 농담도 하고, 살아온 얘기 들으면서 칭찬도 많이 하고 맞장구도 잘 쳐주고. 그럼 환자들이 좋아하거든. '가고 싶은 곳은 없으세요?', '먹고 싶은 거나 마시고 싶은 건 없으세요?' '보고 싶은 사람은 없으세요?', '그동안 병원에 갇혀 계시느라 못 했던 거나 하고 싶었던 거 있으면 말씀하세요.' 이런 식으로 말이야.

한번은 말기 유방암 환자였는데 암세포가 온몸에 전이되어서 더는 손쓸 수조차 없는 상태였어. 그래서 호스피스 시설까지 데리고 가는데 환자가 갑자기 들꽃이 보고 싶다는 거야. 그래서 들꽃이 사방 천지에 피어 있는 목장에 가서 한참을 있었어. 여기저기 들꽃도 꺾어서 한 다발 갖다주니까 환하게 웃으면서 정말 좋아하더라고.

또 한번은 말기 전립선암 환자였는데 바다가 보고 싶대. 그런데 여기 주변에는 바다가 없잖아. 그래서 대신 호수도 괜찮겠냐고 물어보니 좋다고 해서 호숫가에 내려 또 한 시간 가까이 호수만 바라본 적도 있어. 그런데 옆에 앉아서 같이 호수를 바라보는데 나도 모르게 눈물이 나는 거야. 왜 눈물이 났는지 모르겠어. 지금도 모르겠어. 나는 그 환자를 전에 만난 적도 없는데 말이야. 호숫가를 떠날 때 환자 딸이 나를 안고 울면서 '이 순간이 우리에게 얼마나 소중한 시간이었는지 모를 거예요. 이런 기회를 줘서 정말 고마워요.' 그랬지…. 그때도 마음이 무척 아팠지만 그럭저럭 잘 넘긴 것 같아.

방금 우리가 옮긴 이 환자는 아마 내가 만나본 사람 중에 인생을 제일 멋있게 산 사람 같아. 젊어서 고생도 많이 했는데 열심히 살아서 돈도 꽤 벌었고 자녀들도 다 잘 키워냈어. 그러다가 암에 걸렸고 발견이 너무 늦어서 병원에서는 할 수 있는 게 없다는 거야. 그래서 이렇게 마지막을 맞이하러 가는 거지. 이 환자하고 이야기 나누는 것도 재미있었고, 웃긴 농담도 잘해. 그런데 이건 죽으러 가는 건데 슬픈 건 나 혼자 같아. 그리고 그 사람이 했던 마지막 말…"

T가 마른침을 꿀꺽, 그것도 여러 번 삼키며 말을 이어갔다.

"너도 들었잖아, 그 사람이 '오늘 대화 즐거웠어, T. 나중에 또 보자'라고 말했던 거…"

그 말을 하는 T의 콧등이 빨개지고 눈가가 촉촉해졌다.

"나도, 그 사람도, 서로 못 볼 걸 알잖아…. 왜냐하면 그 사람은 곧 죽을 거니까. 그걸 그냥 모른 척하면서 지금까지 웃고 떠들며 온 건데, 나중에 또 보자는 환자의 말에 제대로 대꾸를 못한 것 같아. 아, 물론 나도 또 보자고는 했지. 그런데 그 사람은 정말 또다시 볼 수 있을 것처럼 말했는데, 나는 놀라고 당황해서 억지로 한 말인 걸 들켰을 것 같아….

어떤 때는 의식을 잃은 외상 환자나 심정지 환자가 오히려 더 낫다는 생각도 들어. 그런 환자들은 내가 뭐라도 해볼 수 있으니까. 그런데 이런 환자들에게 내가 해줄 수 있는 거라고는 죽을 곳까지 편안히 갈 수 있도록 도와주는 일뿐이란 말이야. 어떤 동료들은 내가 하듯이 그런 거 묻지도 않고 말도 안 걸고 곧바로 호스피스까지 가기도 해. 왜냐하면 이런 환자들은 전부 DNR(심폐 소생술 포기각서)이 있어서 이송 도중에 잘못되면 우리는 그냥 환자가 죽는 걸 두고 볼 수밖에 없잖아. 그런 꼴 안 보고 마음 안 다치려면 어디 들르지 않고 최대한 빨리 가는 것도 방법이지. 그걸 탓하려는 건 아니야. 하지만 나는 내가 맞는 것 같고 지금까지 잘해왔다고 생각해. 나는 파라메딕으로서 해줄 수 있는 게 없으니까 그냥 사람으로서 마지막까지 좋은 기억을 많이 만들어주고 싶었던 것뿐인데, 저 환자는 오히려 나를 위로했던 것 같아. 이걸 어떻게 받아들여야 할지, 그리고 이렇게 얼마나 더 할 수 있을지도 잘 모르겠어. 오늘 저녁에는 그냥 집에 가서 식구들과 같이 있을래⋯."

사람이 죽고 사는 일만큼 중요한 일이 어디 있을까? 환자들과 다를 바 없는 한 명의 평범한 사람일 뿐인 내가 감히 삶과 죽음의 의미를, 그것도 다른 사람의 생사를 함부로 입에 담을 수는 없다. 그것은 대단히 교만한 짓이기 때문이다. 어쨌든 나에게 죽음은 여전히 슬픈 이별이며, 최대한 멀리하고 싶은 일이다. 그때까지 내가 해야 하고 마쳐놓아야 할 일들이 아직 많이 남아 있기 때문이다.

무엇보다 파라메딕으로서 환자의 죽음은 가장 멀리해야 할 일이며, 최대한 오래 생명의 끈을 붙잡고 병원에 도착할 때까지 싸워야 하는 대상이다. 그 환자들 역시 나처럼 죽음이 오기 전에 해야 할 일, 하고 싶은 일이 분명 많이 남아 있을 것이기 때문이다. 그렇게 각자 자기에게 소중한 일들을 잘 가꾸다가 '그래, 이 정도라면 내 할 일은 끝났다'라고 스스로 타협할 수 있다면 T와 내가 맡았던 환자처럼 마중 나가듯 죽음을 맞이할 수도 있지 않을까 싶었다. 그래서 또 보자는 환자의 인사말은 슬프기만 한 것이 아니라 "네가 살고 있는 지금의 삶을 후회 없이 충실하게 살아낸 후에 다른 세상에서 또 보자"는 미래를 기약하는 인사일 수도 있겠다는 생각이 들었다.

파라메딕은 왜 하게 됐어요?

러시아인 S 씨의 사무실이 위치한 곳은 광화문 외교부 청사 뒤편이었다. 좀 더 정확히 말하면 경희궁 옆과 성곡 미술관 근처 주택가에 자리한 제법 큰 2층짜리 주택이었는데, S 씨는 이 집을 사무실로 개조해서 사용하고 있었다. 누가 일부러 마중 나오지 않으면 찾기 힘들 만큼 깊숙한 곳에 위치한 그곳을 프랑스인 상무 G 씨와 함께 찾아간 때는 제법 찬 바람이 불기 시작하던 11월의 어느 날이었다.

S 씨는 영어보다 한국어가 훨씬 더 유창했다. 그는 국립 모스크바 외국어 대학교에서 조선어를 전공했고, 평양 김일성 종합대학에서 유학했다고 들었다. 이후 평양 주재 러시아 대사관에서 근무했으며 몇 년간의 본국 근무를 거쳐 서울 주재 러시

아 대사관으로 발령을 받았다. 오랜 시간 남북을 오가며 한반도 전문 외교관으로서 커리어를 쌓은 그는 공직에서 은퇴한 후 서울에 정착하기로 했다. 유럽의 고서적을 소개하는 수입상을 차렸기 때문이다. 여기까지가 대외적으로 알려진 S 씨의 이력이다.

사실 고서적 수입상은 그의 진짜 직업이 아닌 위장이었다. 그는 전직 KGB(구 소련의 첩보기관) 요원이었고, 내가 찾아간 당시에도 한국 관련 정보 수집과 분석 업무에 깊이 관여하고 있다고 들었다. 또한 그는 '로소보로넥스포트'라고 하는, 러시아 국영 무기수출공사의 한국 대표도 맡고 있었는데, 그를 찾아간 이유도 바로 거기에 있었다. 군 지휘통제 솔루션 전문 기업에서 해외사업개발 업무를 맡고 있었던 G 상무와 나는 그에게 사업을 제안하고자 했다.

당시 전 세계 보병전투용 장갑차 시장의 35퍼센트 가까이를 러시아제 BMP 장갑차가 장악하고 있었다. BMP 장갑차는 요샛말로 '가성비'가 좋았고, 실전에서 뛰어난 작전 수행 능력을 수차례 입증한 바 있는 검증된 무기였다. 이 값싸고 성능 좋은 BMP 장갑차에도 단점이 하나 있었으니 장갑차 승무원과 지휘관들이 전투 상황을 파악할 수 있게 하는 데이터링크 기반 지휘통제 시스템을 제대로 갖추고 있지 않다는 점이었다. 사실 그것은 장갑차를 판매한 러시아의 잘못이라기보다 그런 시스템을 제대로 갖추지 못한 채 장갑차만 들여온 도입 국가(대부분 중동, 아프리카의 제3세계 국가)의 책임이 더 컸다. 하지만 사업 기회는 언제나 그런 부족과 결핍에서 나오는 법. 당시 내가 일하던 회사의 지분을 갖고 있던 프랑스의 방위산업 기업 T사는 지휘통제 시스템과 전장 관리 솔루션 분야에서 세계 선두 그룹에 속한 기업이었고 미국의 입김이 잘 닿지 않는 중동과 아프리카의 제3세계 국가들에 오래전부터 그들의 지휘통제 시스템을 공급하고 있었다.

이제 러시아의 BMP 장갑차에 프랑스 T사의 군 지휘통제 시스템이 실현될 값싸고 성능 좋은 장비만 있으면 하나의 멋진 작품이 나올 수 있는데, 그 장비를 당시 내가 근무하던 S사에서 제공하겠다는 것이 사업 제안의 핵심 복안이었다.

서울과 파리를 수차례 오가며 많은 회의를 했고, 여러 밤을 새우며 비용을 뽑고, 제안서를 만들고, 보고서를 썼다. 국내외 수출입 규제나 수출 통제에 걸리는 것이 있는지도 검토하고, 법무팀과 함께 법적으로 문제될 것이 있는지 역시 살폈다. 또한 한국군의 협조를 얻어 BMP 장갑차를 운용하는 부대를 직접 방문하여 실제 BMP 장갑차 안에 들어가 장비를 장착할 공간이 있는지, 공간이 있다면 어디에 어떻게 장착하고 운용할 것인지까지도 확인했다.

원래 러시아 정부에 사업을 제안하기로 한 것은 프랑스 T사

쪽이었지만 당시 러시아 주재 프랑스 외교관이 현지에서 대규모 스캔들을 일으키는 바람에 양국 관계가 급격히 틀어졌고, 그로 인해 러시아와 프랑스 간의 대화 통로가 한동안 제 기능을 하지 못했다. 그래서 수소문 끝에 찾은 것이 서울에서 활동하고 있던 러시아인 S 씨였다. 때마침 싱가포르에서 네트워크 중심전Network Centric Warfare 세미나가 열렸는데 나는 기술임원인 C와 그 세미나에 참가한다는 구실로 싱가포르에 날아가 T사 담당자들을 만났다. 그 자리에서 S 씨에 대한 정보를 건네받았고, 그에게 어떻게 사업을 제안하고 풀어나갈지 세부 사항에 대해서도 T사 측과 최종 조율을 마쳤다. S 씨를 찾아간 것은 싱가포르에서 돌아온 바로 그다음 주였다.

그리고 해를 넘기자마자 대규모 조직 개편이 있었다. 그룹에서 내려온 임원이 내가 모시던 상사와 그 윗선을 '재배치'했고 이 프로젝트는 그 임원이 데리고 온 어느 차장에게 넘어갔다. 그리고 나는 그해 6월 캐나다 영주권을 신청했고, 11월에 사표를 냈으며, 그로부터 2년 반이 지난 2014년 4월, 캐나다 오타와 공항에 내린 이후로 지금까지 쭉 이곳에 살고 있다.

최근 우크라이나 전쟁을 보도하는 영상을 통해 그 BMP 장갑차를 다시 보게 되었다. 그때 그 제안이 제대로 진행이 되었더라면 지금쯤 어느 나라에 더 유리하게 작용했을까? T사의 내 카운터 파트너였던 V는 지금 임원이 되었는데 내가 그 일을 끝까지 진행했더라면 지금쯤 나는 어떻게 되었을까? 생각이 거기까지 미치자 질문은 자연스럽게 지금의 내가 어떻게 여기까지 오게 되었는지로 옮겨졌다.

돌아보면 언어도, 문화도 다르고 연고도 없는 캐나다로 이민을 온 것까지는 그렇다 쳐도, 이민 1세들은 잘 살펴보지도 않는 파라메딕이라는 직업을 나이 마흔에 선택한 건 "미친놈" 소리 듣기 딱 좋을 만큼 무모한 짓이었다. 사실 그런 결정을 내린 나 자신에게도 그것은 무척 극적인 전환이어서, 때로는 앰뷸런스를 타고 사이렌을 울리며 응급 현장으로 가고 있는 지금의 내가 불과 몇 년 전 용인 수지에서 서울 종로까지 가는 M4101 버스에 앉아 꾸벅꾸벅 졸며 출근하던 그 회사원이 맞는지 믿기지 않을 때가 종종 있다.

정확히 무엇이 계기가 되어 이 직업을 선택하게 되었는지 기억이 잘 나지 않는다. 다만 이민 초기, 그전까지 당연하게 여겼던 생계가 한순간 막막해지고, 그걸 최저임금만으로 해결하는 일이 너무 벅차서 다른 것은 생각할 여유조차 없던 때가 있었는데, 그 와중에 맹렬한 속도로 달려가는 앰뷸런스를 보며 가슴이 살짝 설렜던 것은 기억한다. 아이 둘을 혼자 키우며 낮에는 연방 정부의 공무원으로 일하고 밤에는 나처럼 식료품점에서 일하며 대학원 진학 준비를 하던 S와, 아이스하키 장비 도매 사업을 하는 J가 학교로 돌아가기 위해 나처럼 밤늦게 창고에서 일하던 모습, 그리고 그들처럼 묵묵히 미래를 준비하는 수 많은 이곳 사람들을 보며 감동받았던 것 역시 똑똑히 기억한다. 중년으로 접어든 나이에 문득, 그리고 막연히 찾아온 '나도 다른 일을 좀 해보고 싶다' 같은 늦바람을 부끄러워하거나 혼자만 간직할 필요가 없다는 사실도 기분 좋은 충격으로 다가왔음을 기억한다. 그것은 자기 방식으로 인생을 사는 게 지극히 당연한 일이라는 것을 인정하고, 수용하며, 지원해 주는 캐나다 사회에 살고 있기 때문에 가능한 일이기도 했다. 그 덕분에 나 또한 '그렇다면 나도'라는 희망 혹은 기대를 품을 수 있게 되었다.

우리의 현재와 미래는 과거에 했던 일들과 어떻게든 맞닿아 있다는 말을 믿는다. 그래서 앞으로 무엇이 어떻게 될지 걱정하고 두려워하기보다 지금 내 가슴을 뛰게 하는 것에 몰두한다면 그것이 앞으로 내가 하려는 일과 어떻게든 이어진다는 것 또한 믿는다. 물론 가슴을 뛰게 하는 일이라고 해서 무조건 잘되는 것은 아니겠지. 다만 자신에 대한 기대를 안고, 힘껏 애써보는 것이 지금 할 수 있는 최선이라면 나중에 잘된다는 보장이 없더라도 그 수고를 애써 아낄 필요가 있을까?

계획한 대로, 뜻한 바대로 흘러가지 않더라도 그 가슴 뛰는 일을 끝까지 포기하지 않는다면 언젠가는 그것이 지금 당장은 보이지 않지만 앞으로 새 길을 열어줄 거라는 기대, 그렇게 살다 보면 언젠가 내 인생의 큰 줄기가 좋은 방향으로 바뀔 거라는 기대, 지금은 당신들로부터 도움을 받는 처지이지만 언젠가는 내가 당신들을 도와줄 수 있을 거라는 기대, 10년 전 캐나다에 올 때 원했던 것은 꺾일 때 꺾이더라도 내 인생을 생각한 대로 한번 펼쳐보고 싶다는 기대였다. 그 기대와 믿음이 불어넣어 준 작은 용기 덕분에 예전에는 상상조차 못 했던 직업에 도전해서 지금까지 즐기고 있다.

　예전에 회사를 다니며 했던 일들과 지금 내가 하는 일들이 앞으로 내가 하려는 일에 어떻게 쓰일지 아직 알 수 없다. 지난 10년 동안 그랬듯 앞으로도 전혀 쓰이지 않을 수도 있을 것이다. 하지만 그런 믿음과 기대를 계속 간직하는 한 앞으로의 시간도 가슴 벅차게 열심히 살 수 있을 것이라고 또 믿어본다.

　그 시간마다 녹아든, 그리고 녹아들어 갈 나와 우리 가족의 눈물과 땀과 웃음에 건배.

나가는 글

2015년 9월부터 캐나다 오타와
에 있는 2년제 칼리지에서 파라메딕을 전공하기 시작한 저는
2017년 6월 졸업을 앞두고 제일 중요한 과목이었던 현장실습
을 통과하지 못했습니다. 현장실습이 가장 중요한 이유는 현직
파라메딕들과 함께 실제 현장에서 일하며 2년간 배우고 연습
한 것을 환자들을 대상으로 펼쳐 보이고 평가받는 자리이기 때
문입니다. 하지만 저는 실습 기간 내내 위축되어 있었고, 결국
파라메딕으로서 소질이 없다는 신랄한 평가를 받은 채 낙제를
하고 말았습니다. 그 결과, 현장실습 하나 때문에 2년 전체 과
정이 낙제 처리되었고 동기들이 졸업할 때 저는 함께 자리할
수 없었습니다. 아쉬운 대로 그다음 해라도 졸업을 하려면 그해

9월에 시작하는 새 학기부터 현장실습을 다시 해야 했고, 저는 해를 넘겨 2018년 봄이 올 때도 현장실습을 하느라 남들은 2년 만에 졸업하는 과정을 3년째 다니던 중이었습니다.

사실 졸업이 미뤄진 것보다 더 큰 문제가 있었습니다. 그것은 바로 9월에 시작하는 새 학기부터는 더 이상 정부에서 제공하는 낮은 이자의 학자금 대출을 받을 수 없게 되었다는 점이었습니다. 이미 수강했던 과목을 재수강한다는 이유로 학자금 대출 신청이 거절되었던 것이지요. 당시 별다른 수입이 없던 저희 가족은 학자금 대출을 통해 받은 돈으로 생활비 대부분을 충당하고 있었기 때문에 식구들을 굶기지 않으려면 저는 일과 공부와 현장실습을 병행해야만 했습니다.

이미 한 번 실패했던 현장실습, 그것도 싹수가 보이지 않는다는 그 실습을 또 실패할 수 없었던 저는 실습 내내 독기가 바짝 올라 있었습니다. 이번마저 실패하면 온 식구가 길거리에 나앉을 수도 있다는 절박함 때문에 제가 파라메딕으로서 실력을 갖추고 있음을 어떻게든 증명해 보여야 했습니다. 따라서 두 번째 현장실습의 마지막 날, 마지막 환자는 제가 학생으로서 배우고 익힌 것을 펼쳐 보일 수 있었던 마지막 기회이기도 했습니다. 하지만 정작 그 마지막 환자에게 제가 해줄 수 있었던 것은 아이러니하게도 생명을 살리는 게 아니라 편안히 죽음을 맞이하도록 도와드리는 일이었습니다. 그리고 그런 것은 전에 한 번도 배우거나 연습한 적이 없었습니다.

한 발짝만 더 밀리면 온 식구가 길거리에 나앉아 죽는다는 생각에 온 정신이 팔려서 정작 중요한 것은 돌보지 못하던 저에게 인생에서 정말 중요한 것은 무엇인지, 삶을, 그리고 죽음을 어떻게 바라봐야 하는지 일깨워 준 두 번째 현장실습의 마지막 환자에 대해 이야기해 볼까 합니다.

자정쯤 출동벨이 울렸습니다. 만성 폐쇄성 폐질환COPD을 앓고 있는 70대 여자 환자가 극심한 호흡곤란을 호소한다는 신고였습니다. 저의 현장실습을 담당하는 사수 두 명과 함께 시골 밤길을 부리나케 내달려 현장으로 갔지요.

현장은 호숫가에 위치한 작은 별장이었는데, 환자는 의식을 잃은 상태로 침대에 누워 입을 벌린 채 얕고 빠른 호흡만 겨우 하고 있었습니다. 눈동자는 위로 치켜 올라가서 흰자만 보였고, 통증 자극에도 전혀 반응이 없었지요. 혈압은 60대 초반, 심박수는 120 정도였고, 산소 포화도는 70대 초반이었으며 청진을 해도 폐로 공기가 들고 나는 소리 또한 전혀 들리지 않았습니다. 사실 저는 그때 그게 임종 직전에 내쉬는 호흡인지 알지 못했습니다. 사수 둘이 다시 한번 환자를 살펴보고는 환자 남편에게 어찌 된 상황인지 자초지종을 묻기 시작했습니다.

남편의 말에 따르면 환자는 4년 전 COPD 진단을 받았을 때 이미 6개월을 넘기기 힘들 거라는 시한부 판정을 받았다고 했습니다. 하지만 현재까지 잘 버텨왔고, 최근 호스피스 병원을 알아보기는 했지만 조금 전까지 잘 견디던 사람이 이렇게 급격하게 나빠질 줄은 몰랐다고도 했고요. 그는 911로 구급차를 불러 얼른 병원에 데리고 가서 치료를 받으면 몇 개월을 더 버틸 수 있게 되리라 기대했다고 말했습니다.

하지만 제 사수들은 환자를 보고 나서 바로 알아챘지요. 그들은 이대로 환자를 병원으로 이송하게 되면 거의 100퍼센트 이송 중 사망에 이르게 될 것임을 알고 있었습니다. 사수들이 환자의 남편에게 심폐 소생술 포기각서가 있는지 물었고, 남편이 환자 대신 의료적 조치에 대한 의사결정을 할 수 있는 위임장POA이 있는지도 확인했습니다. 그러고 나서 사수들은 남편에게 차근차근 설명하기 시작했습니다. 이대로 병원으로 이송하게 되면 환자는 이송 도중에 사망할 가능성이 매우 높으며, 환자가 심정지 상태가 되더라도 심폐 소생술 포기각서 때문에 해드릴 수 있는 것이 별로 없다고…. 그런데도 이송을 하게 되면 환자는 길 위의 앰뷸런스 안에서 생을 마감할 수 있는데 어떻게 하고 싶은지 여쭤봤습니다.

남편은 울음을 터뜨리며 "아내를 그렇게 보낼 수는 없어요! 그렇지 않아요?"라고 외치듯 되물었습니다. 그러면서 이런 경우에 당신들의 추억이 깃든 이 별장에서 마지막을 함께하기로 아내와 이미 얘기를 다 해놓았다고 말했습니다. 그 상황에서 저희가 환자를 위해 할 수 있는 것은 COPD로 인해 굳어진 기도가 좀 풀어지도록 천식 환자들에게 쓰는 약을 기포 형태로 입과 코 가까이 대어드리는 것 말고는 없었습니다.

이윽고 45년을 함께했던 남편의 작별 인사가 시작되었습니다. 저희는 살짝 자리를 비켜드렸고요. 아, 반평생을 함께한 배우자의 마지막 인사들은 어쩜 그렇게 다 한결같을까요….

"힘들게 해서 미안해…. 같이 살아줘서 정말 고마워…. 여기서 더 힘들게 있지 말고 어서 가…. 사랑해…."

두 사람이 함께한 45년 세월 앞에 주어진 10분 남짓의 작별 시간은 너무나 짧기만 합니다. 환자의 호흡수가 급격하게 줄어드는 것을 바라보며 저대로 두면 정말 죽을 텐데, 지금이라도 당장 삽관을 하고 인공호흡을 하면 어떻게 희망을 걸어볼 수 있지 않을까 하는 헛된 생각이 들었지만 제가 할 수 있는 것은 아무것도 없었습니다.

환자의 심박동이 120에서 점점 떨어지기 시작하더니 110, 90, 80, 60, 50, 30 그리고 평행선을 그었습니다. 침대에는 바짝 마른 환자와 그녀를 끝까지 어루만지는 남편, 그리고 침대 머리맡 벽에는 환자의 젊은 시절을 그린 듯한 큰 초상화가 걸려 있었고요. 단발머리에 안경을 머리 위로 올리고 무언가를 읽는 듯한 자신만만한 표정, 하지만 그 초상화의 주인공은 같은 사람이라고는 믿을 수 없을 정도로 초라하고 약한 모습으로 삶을 마감하는 중이었습니다. 아마 이 장면은 앞으로도 두고두고 잊히지 않을 것 같네요.

경찰과 검시관이 올 때까지 저희는 그곳에 남아 남편과 대화를 이어가려고 최대한 애썼습니다. 저희가 그대로 떠나버리면 홀로 남은 남편이 극단적인 선택을 할지도 모르니까요. 그래서 남편의 은퇴 전 직업 이야기, 벽에 걸린 그림에 대한 이야기를 나눴고, 제가 한국 출신인 것을 알고 북한과 김정은에 관한 이야기가 '또' 나왔습니다. 그리고 곧이어 도착한 경찰과 검시관에게 현장을 넘겼고, 남편에게 다시 한번 깊은 애도의 말을 전한 후 그 집을 나왔습니다.

그렇게 현장실습을 모두 마치고 집으로 돌아오는 길에 본 모든 것들이 이전과는 분명 다르게 보이더군요. 제가 올 때까지 세상모르게 자고 있던 아이들과 아내가 고맙고, 사랑스럽고, 지금 살아 있는 내가 고맙고, 살아 있는 이 순간이 다행이라는 생각이 들었습니다. 그리고 내가 누리고 있는 모든 것에 대해 누군가에게 감사하고 싶어졌습니다. 그리고 그 감사함과 가슴 벅참이 어느 정도 잦아들자 저를, 그리고 제가 사는 모습을 돌아보게 되었습니다.

처음 캐나다에 왔을 때, 무슨 대단한 명분이나 원대한 꿈이 있었던 것은 아니었습니다. 어차피 한 번 살고 죽을 인생이라면 더 늦기 전에 주변 눈치 안 보고 다르게 살아보고 싶다는 바람과 내 주변 사소한 것들을 찬찬히 들여다볼 수 있는 마음의 넉넉함을 갖고 싶다는 바람, 그리고 실패가 흠이 되지 않으며 그 실패를 딛고 언제든 다시 일어설 수 있게 북돋아 주는 사회에서 아이들을 키우고 싶다는 바람으로 캐나다까지 건너왔습니다. 하지만 일하고, 학교 다니고, 실습까지 해야 하는 팍팍한 현실에 버둥거리다 보니 어느새 처음 가졌던 그 바람들을 까맣게 잊고 있었습니다. 그사이 아이들은 훌쩍 자랐고, 낯설고 어색한 환경에서 살아내느라 힘들었을 아내는 자신보다 저와 아이들을 먼저 챙기느라 힘든 내색도 없었으며, 천만다행으로 네 식구 모두 건강했습니다. 분명 누구나 꿈꾸는 이상적인 환경은 아니었지만 저와 제 가족들은 주어진 환경에서 제법 잘 살아내고 있었던 것입니다. 다만 제가 만족하는 법을 모른 채 불만을 마음속에 차곡차곡 쌓고 있었던 것뿐이었지요. 그러다 이날 환자의 죽음으로 인해 살아 있을 때만 느낄 수 있는 이런 좋은 것들, 적어도 인생에서 가장 중요한 것들을 마음에 담아둘 자리 한편 마련하지 못한 채 살고 있던 저를 돌아보게 되었습니다.

우리는 저마다 중요하다고 믿는 것들을 갖기 위해, 혹은 더 갖거나 뺏기지 않기 위해 애쓰며 하루하루를 살고 있습니다. 분명 그것은 그 자체로 의미가 있고 인정받아 마땅한 일이지만, 그저 열심히 살고만 있는 것은 아닌지, 시간이 지나도 변하지 않는 진짜 중요한 것들을 챙기며 사는 법은 잊고 있지 않은지 돌아보았으면 합니다. 진짜 중요한 것이 무엇인지는 사람마다 다를 수 있지만 결국 우리는 다 똑같이 죽습니다. 지금은 우리가 살아 숨 쉬고 있는 까닭에 쉽게 느끼지 못할 뿐 죽음은 삶과 외따로 떨어져 있지 않고, 오히려 우리 인생길 바로 옆에서 함께 조용히 걷고 있을 뿐이지요. 따라서 죽음은 삶의 일부분이며, 잘 죽는 것은 우리 삶의 마침표를 잘 찍는 것과 같습니다. 환자가 죽음에 이르는 과정을 돌아보면서, 자신에게 진짜 중요한 것들을 잘 가꾸며 살다 보면 언젠가 다가올 죽음 또한 잘 맞이할 수 있으리라는 생각이 들었습니다. 그것이 오늘도 애쓰며 사는 우리들의 수고를 더 가치 있게, 그리고 지금 살아 있는 이 순간을 더 풍성하게 해줄 것이며, 그런 것들이 모여 결국 죽음까지 포함한 우리의 삶을 더 의미 있게 해줄 것이라고 믿게 되었기 때문입니다.

어쩌면 처음 캐나다를 오면서 가졌던 그 희망, 마음의 여유를 가지고 내가 정한대로 인생을 살고 싶다는 희망에 대한 답은 제법 실마리를 찾은 것인지도 모르겠습니다.